牧水の聲《こえ》

短歌《うた》の朗誦性と愛誦性

中村　佳文 著

みやざき文庫153

はじめに

本書は『牧水の聲《こえ》』と題した。「聲」の漢字に馴染みがない方も多いであろう。現在の出版物では基本的に「新字体」が通行している。ならば、なぜ「聲」の旧字体にこだわったのか、最初にこの点を明らかにしておきたい。漢字の字源にはささやかな物語があり、その情報量こそが漢字という文字の世界的な価値といえる。「聲」という文字ならば、「声」の部分が「石板をぶらさげて叩いて音を出す『磬《けい》』という楽器を描いた象形文字」（学研『漢字源』参照・以下同）である。その右側にある「殳」は「『磬《けい》』をたたく棒を手に持つ姿」を表している。そして肝心なのが下にある「耳」であり、「『磬《けい》』の音を聞くさま」を表現している。総合すると「何かを訴えようとして『磬《けい》』をたたき、それが広く人々の耳にうち広がる音響・音声」という物語が読み取れる。こうして字源物語を読み取って（＊字源には諸説があることをお断りしておく）みると、「聲」の文字そのものには、「うた（歌）」の根源的で古代的な要素が見出せるのではないかと思う。若山牧水は近現代短歌史に欠くべからざる存在の歌人であるが、「聲」を補助線とすると、やまとうた千三百年の歴史の大きな転換点に作歌活動を展開した歌人といってよいだろう。

「うたをつくる」というときの動詞は何を使用したらよいか？「創作」という二字熟語として

組み合わされているように、まずは「創る」と「作る」というどちらの漢字にするかが気になる。「創」の字源は、「刀（りっとう）で傷つける」から転じて「初めて事を起こす。作り出す。」という物語がある。「作」の字源は、「木の小枝を刃物で切り除き形をかたどり、それが人によって行われる。」という物語。わたしたちは理念として「創」を理想とするが、日本語とやまとうた千三百年の歴史にどうしようもなく依存しているわけで、現実には苦労して「作」するように「歌の樹木」をかたどるしかない。では、その「かたどる」という行為をさらに精密に考えてみたい。

最近、学生と接していると「（歌人が）書いた」「（歌が）書かれている」と「作歌」の意味で「書く」という動詞を使う発言が目立ち個人的に気になっている。確かに出版物でもＷＥＢでも短歌は「文字として書かれている」のは事実である。だが「うた」は読者がいてこそ生命が吹き込まれるのだとしたら、「読む」という行為を「文字」に重ねることで必ず読者の内面に「声」が生じているのではないだろうか。実際に「声」に出して読まない「黙読」であっても「内面の声・モノローグ」を導入しなければ解釈に辿り着くことができない。ましてや、とてつもなく心に響く短歌に出逢った時などは、自ずとその「内面の声」が「己の息」となって声帯を揺らすことはないだろうか。思わず「声になってしまう」時に人は「ああ」と漏らす、これこそが古語「あはれ（しみじみと心に深く感じる情緒）」の根源的な発生の過程ではないのか。

「よむ」もまた、多様な意味のあることばだ。いま前段落で「読む」＝「解釈」という意味で使用したばかりだ。読者が短歌を読むにも、「解釈」という以前に「初見で読む」という段階がある。その際も現在では多くの人たちが「黙読する」のが一般的で、「音読する」ことは稀かもしれない。しかし、歌会を行えば批評の対象となる短歌を、最初は「音読する」のが通例である。宮崎県で毎夏開催される「牧水短歌甲子園」でも、高校生同士の対決において、最初に必ず「二回朗詠してください」と決められている。では、歌会や短歌甲子園で「歌を声に出して読む」意味を、どう考えたらよいのだろう。

「よむ」には「詠む」の漢字を当てはめることもできる。「詠」についても字源を考えてみると「口から声をながく引いてうたう」ということだ。「歌をよむ」といったとき、「うたう」＝「声に出す」という意味が必ず含まれている。ゆえに「歌」は「書く」という動詞ではなく「詠《うた》う」という動詞を使用してこそ初めて和歌・短歌千三百年の要件を満たすことになるのではないか。

だが学生をはじめわたしたちが「短歌を書く」という「文字」次元のみに偏った身体性に閉じ籠るのも、時代の必然といえるのかもしれない。本書は、なぜわたしたちは詠歌の上で「運動不足」になってしまったのか？　若山牧水が詠歌した時代を見つめて「短歌と聲《こえ》」の問題を再浮上させ議論するささやかな契機になればと思い執筆した。

序章「牧水の朗誦性と明治という近代」では、牧水の歌に朗誦性があるという背景に、明治という時代の文化的変革があることを先学の諸資料をもとに問題提起をした。第一章では、この世に録音が遺されなかった「牧水の聲」を、でき得る限り周囲の人々の書き残した資料から再現しようと試みた。第二章「牧水の耳」では、牧水自身が「歌を詠う」際に起動させる聴覚と視覚の身体性について、「みなかみ町」での具体的な旅の行程に即して跡付けた。第三章「明治四十三年の邂逅――牧水と啄木の交流と断章と」では、牧水が石川啄木との短いながらも深い交流で「韻律」を含みこむ「歌体」について相互の交流と対話から、「短歌滅亡論」が議論されていた時代の実相を探った。第四章「牧水短歌の「姿（さま）」と和漢の共鳴――『木の葉のすがたわが文にあれよ』」では、引き続き石川啄木と牧水の比較の視点から、牧水が目指していた「歌の姿《さま》」について考察する。第五章「牧水の学び――香川景樹『桂園一枝』と坪内逍遥『文学談』」では、牧水が旧制延岡中学校や早稲田大学の時代に何を学び、自らの作歌の礎としていたかを解き明かした。第六章「「しびれわたりしはらわたに」――和歌・短歌と朗読・朗誦」では時評的な視点から、「和歌・短歌」の朗誦性について現代歌人の見解などを含めて論じてみた。第七章「牧水短歌を愛誦するための覚書――歌の「拍節」を視点に」では、「韻律論」を「拍節」という視点に絞り、牧水の五七調とともに現代短歌の「拍節」の覚書として、俵万智『サラダ記念日』の詠歌について分析を加えた。終章では「牧水短歌の力動を読む――『第六十九回牧水祭』（二〇一九年九月十七日）伊藤一彦×中村佳文　対談」を文字起こしして収録した。

　各章は相互に関連しながら、総じて「牧水の聲」を再生する機能があるものと考えている。牧水の短歌がなぜ朗誦性・愛誦性が豊かなのか？　この問題を読者のみなさんとともに考えてゆこう。

目次

牧水の聲《こえ》——短歌《うた》の朗誦性と愛誦性

序章　牧水の朗誦性と明治という近代

一、牧水の朗誦性と時代

わが旧《ふる》き歌をそぞろに誦《ず》しをればこころ凪《な》ぎ来ぬいざ歌詠まむ　（『山桜の歌』雑詠より）

大正十二年五月出版の牧水第十四歌集『山桜の歌』雑詠にある一首である。同歌集では牧水が伊豆・湯ヶ島温泉に遊んだ折、付近の渓から山に山桜が甚だたくさん咲いており、日毎に詠んだ歌として結句を「山ざくら花」とした連作が、あまりにも有名であろう。四十歳という年齢を間近にして、牧水の晩年の歌境を窺い知ることのできる名作であると思われる。一方で、この晩年に及び牧水の作歌活動の態度がどのようなものであったのかという点において、冒頭に掲げた一首が興味をそそる。自作の「旧き歌」を何ということもなく声に出して「朗誦」してみたところ、あれこれと波立っていた「こころ」に静かで平穏な「凪ぎ」が訪れて、さて「歌を詠もう」という気になったという境地が表現されている。歌作への気持が起動する契機が「誦しをれば」というのであり、牧水が日頃から自作他作を問わず、歌の朗誦を嗜んでいたのではないかということを窺わせる一首であるといってよいだろう。

ここで注目すべきは、「読みをれば」とすることもできたであろうものを、「誦しをれば」としていることである。「こころ凪ぎ来ぬ」という境地を目指すならば、むしろ静かに「読み（黙読）をれば」という態度の方が適しているのではないかと、平成・令和の現代に生きる諸氏は感じるかもしれない。しかし、牧水にとってはやはり「誦し（朗誦）をれば」こそが必然かつ必須な態度であったのだと考え、この歌を読んでみたいと思うのである。

牧水の「朗誦（朗詠）」については、既に伊藤一彦によって主に幼少期から大学時代にかけての言語体験を諸資料によって示しながら次のような指摘（註1）がある。

そして、朗詠を愛した牧水は、朗詠にふさわしい言葉と調べの短歌を詠んだ。歌の意味よりも、言葉のひびきと調べのよさを重んじた。頭で意味を考える歌よりも、耳から入り身体感覚で味わう歌を重視した。

このように伊藤が「朗詠を愛した牧水」とする根拠として引用している資料において、大学時代の牧水の姿を伝えるものとして、同級生・神田勝之助の「大学時代の思ひ出」という文章(註2)がある。特に注目すべき点をここに引用する。

かうして散歩すると、若山君は直《ぢき》に詩や歌を朗吟した。その声のよさ!土岐君も安成君もこれに和して声高らかに藤村や泣菫や敏の詩や訳詩をうたつたものである。皆若かった。

さらには、大学卒業後の姿を伝えるものとしては長谷川銀作(註3)の次の一節が引かれている。

牧水が、雑誌の歌の校正などやりながら、知らず識らずのうちに声に出して歌ふ場合の朗詠とも朗読ともつかぬ口吟ともつかぬ低唱微吟、あれはまた別の趣きがあつた。

こうした諸資料から窺い知れることは、伊藤の指摘のように牧水自身が「朗詠を愛した」ことはもちろんであるが、更に時代背景・生活環境にも特徴があったのではないかと、筆者は考えている。大学時代の牧水が、散歩中に詩や歌を朗吟すると、友人である「土岐君も安成君もこれに和して」とされており、決して牧水自身の嗜好のみといえるわけではなさそうである。少なくとも「和した」友人たちにも、「朗詠」をする背景や生活習慣があったのではと考えたい。また「雑誌の校正」などに従事する際には、現在では間違いなく「黙読」で実施するのが通例であり、職場環境を考えればたとえ「低唱微吟」であったとしても、周囲に迷惑が掛かると配慮するのが社会常識であろう。それを前掲した長谷川の文章は、「別の趣きがあつた」と否定的な評価を記していないわけである。これは「朗詠（朗誦）」や「朗読」に対する社会的な認識が、現代社会と差があることを推測させるのである。

本章では、伊藤が牧水歌を「言葉のひびきと調べのよさを重んじた。」や「耳から入り身体感覚で味わう歌を重視した。」と評することに賛同しつつ、牧水が生きた時代における「朗詠（朗誦）」「朗読」についての認識を再考し、その朗誦性と社会的言語環境との関連について述べ、牧水歌について、あらたな側面から評してみたい。

二、近代読者と音読・黙読

現代社会において読書といえば「黙読」するもの、というのが一般的な社会通念である。図書館を始めとする読書の場では「静粛」が求められ、公共の場でも新聞・雑誌、最近ではスマホに表示される記事などでも、周囲に迷惑が掛らないように「黙読」するのが社会常識であろう。だが、こうした概念が成立したのは、それほど遠い昔のことではないことが前田愛によって指摘(註4)されている。

現代では小説は他人を交えずひとりで黙読するものと考えられているが、たまたま高齢の老人が一種異様な節廻しで新聞を音読する光景に接したりすると、この黙読による読書の習慣が一般化したのは、ごく近年、それも二世代か三世代の間に過ぎないのではないかと思われてくる。こころみに日記や回想録の類に明治時代の読者の姿をさぐって見るならば、私達の想像する以上に音読による享受方式への愛着が根づよく生き残っていたことに驚かされるのである。

（一六六頁）

その上で前田は、明治初年には「一人の読み手を囲んで数人の聞き手が聴き入る共同的な読書形式」が「広範囲にわたって温存」されており、その要因として「日本の『家』の生活様式」「プライヴァシイの欠如」「民衆のリテラシイの低さ」「戯作文学の民衆演芸的性格等の諸条件」などを指摘している。さらに特筆すべきは、「音読」そのものを「二つの型」に分けて、前田が考えていることである。

第一の型「朗読」は主として民衆の側に見出され、家族ぐるみの共同的な読書形式に適応性を示す。戯作小説・小新聞の「つづき物」・明治式合巻・講談の速記等の文学スタイルにこれは対応している。第二の型「朗誦」は漢籍の素読を受けた青年達――いわゆる書生の側に特徴的であり、学校・寄宿舎・寮・政治結社等の精神的共同体の内部に叙事詩的な享受の場をつく

り出す。これに対応するのは漢詩文・読本・大新聞の論説・政治小説等の文学スタイルである。（一七八頁）

とりわけこの「第二の型」とされる「朗誦」においては、「漢籍の素読はことばのひびきとリズムとを反復復誦する操作を通じて、日常のことばとは次元を異にする精神のことば——漢語の形式を幼い魂に刻印する学習課程である。」とした上で、「意味の理解は達せられなくとも文章のひびきとリズムの型は、殆ど生理と化して体得される。」のであるとする。そして「やや長じてからの講読や輪読によって供給される知識が形式を充足するのである。」として「朗誦＝素読」の効用を指摘している。さらには、「素読の訓練」によって「ほぼ等質の文章感覚と思考形式とを培養された青年たち」が「同じ知的選良《エリート》に属する者同士の連帯感情を通わせ合うことが可能になる。」として、朗誦と当時の書生の学びの特徴について言及する。

こうした「二つの型」のいずれであっても、「共同体」における「音読」を媒介として「読書」が成立していたことがわかる。やがて「朗読」は「小説」へ、「朗誦」は「哲学・思想」へと展開していったわけであろうが、孤立した享受ではなく「共同体」における、ある種の「対話的」な醸成過程を経て、諸々の言語・思想・文化が「明治」たる近代社会に成立していったといえるであろう。

さてこうした明治期の社会環境を前提として、牧水が「音読」（朗読・朗誦）をどのように捉えていたかを繋ぐ糸をここで見出しておきたい。その鍵となる人物が、他ならぬ坪内逍遙ではないかと思われる。逍遙のエピソード（註5）として「二葉亭四迷が小説の書き方が分からないと言って、逍遙のところにやってきたときに、三遊亭円朝の速記本のように書いていけばいいと教えたのであった。」というものが興味深い。前述した前田の指摘で、「第一の型　朗読」が「書き言葉」として「小説」となるべく、萌芽する原点がそこにあるといったことを物語るエピソードであろう。その坪内逍遙の講義を、牧水は早稲田大学に入学した年である明治三十七年の九月に受講していることが、その日記（註6）から知られる。

九月二十四日　曇　夕雨
今学期初めて登校す。僅かの間に、少しづゝ変り居りて、勝手のちがふ心地す。
坪内雄藏先生の文学談、二時間の通しなれど、少しも飽かで面白う〳〵拝聴せり。

ここで牧水が「少しも飽かで面白う〳〵拝聴せり。」と絶賛している坪内雄藏（逍遙）の「文學談」の講義内容については、本書第五章に詳細を記すが、逍遙が展開していたであろう「文学の読み方」についてここで言及しておくことにしたい。

前掲の前田の論でも指摘されているのだが、「文学享受の理論としての性格」として逍遙の「読法を興さんとする趣旨」（註7）は、ここで述べて来たような明治時代の状況を批評したものとして大変重要な論文である。当該論文が雑誌『国民之友第百拾五号』に発表されたのは明治二十四年四月であるから、牧水が講義を受講する十二年前ということになる。更なる時代状況の変遷を加えつつも、逍遙の呈する「文学の読み方」という意味では、こうした考え方が基盤になっていたであろうことは想像に難くない。逍遙の「論理的読法」の要点は次のように記されている。

其文章の深意を穿鑿《せんさく》し（批評）否むしろ其文の作者若しくは（院本ならば）其人物の性情を看破し（解釈）自家みづからが其作者若くは其人物に成代りたる心持にて其文中に見えたる性情をもて直ちに自家の性情の如くにし誠実に熱心に肺肝を傾けて慷慨せるが如く悲憤せるが如く哀傷せるが如く憤怒せるが如くに読まんとするなり

こうした逍遙の「論理的読法（美読法）」は、「批評」と「解釈」という観点から、近代における「文学の読み方」を予見し示唆したものであり、牧水が受講した「文學談」講義の中でも紹介された筈であろう。「深意を穿鑿」や「其人物の性情を看破」という姿勢が、「短歌の読み方」の上で重要なのは言うに及ばずである。まさに短歌の読みを深めるには、「自家みづからが其作者若くは其人物に成り代りたる心持にて其文中に見えたる性情をもて直ちに自家の性情の如くにし」という姿勢が、現代においても重視されると思われる。あらためて坪内逍遙の文学への考究態度と時代状況の的確な把握は、近代日本における文学研究の礎になったことが窺い知れるのである。

以上のように明治時代において文学享受のあり方は、「音読」を中心とする共同体的なものから、次第に「黙読」への移行という目に見える形で展開し、その作品の質にも影響を与えていったものと考えられる。特に牧水の青春時代であった明治三十年代から四十年代の「読書」における緩やかな変質については、永嶺重敏（註8）によって次のような指摘がなされている。

そして、それは音読に基づくきわめて雑多な多様性を特徴とする近世以前の読書から、黙読を基本とする近代的読書へと、人々の読書習慣が均質化されていく過程でもあった。車中読みの物の均質化と平行して、車中読書習慣の均質化が明治三〇年代を通じて進行していく。そして、四〇年代以降は、音読は明らかに時代遅れの読書方法と化してしまっていた。明治四二年に出版されたある読書法の序文の一節を読むとき、音読がいまや読書力の低さの表われとしてとらえられ始めるようになったことを知ることができる。

「汽車の中や、電車の中や、停車場の待合室やにて、をりをり新聞、雑誌の類を音読する人あるを見受く。調子のよき詩歌や美文ならともかく、普通の読物を音読するにても、其人の読書力は推して知るべし」

このように、車中読書の発達は、人々の身体感覚レベルにおける読書習慣の変容を引き起こした。基本的には学校教育の普及が人々の読書習慣の変容を大きく規定したのはたしかである。

永嶺の指摘に拠れば、概ね明治四十年代には、「車中読書」の誕生とも相俟って、読書の基本姿勢が「音読」から「黙読」へ移行したことを確認できる。ただ、引用文中にもあるように「音読」が時代遅れだと認識されながらも、「調子のよき詩歌や美文ならともかく」といった記述があるのは、短歌を考究する立場としては興味深い。牧水が延岡中学校から早稲田大学へと、文学に対する造詣を深めた青春時代そのものにおいて、このような時代状況が進行しており、その中で牧水が文学に、そして短歌にどのように向き合っていったかを考えてみるべきではあるまいか。「音読」が「黙読」に移行した「近代読者の成立」を認めた上で、短歌に対する「読み方」はどうであったか。そしてまた牧水は、それをどのように受け止めて諸作品を読み、自作短歌に反映していったか。ここでは牧水の姿勢を紹介するために、『短歌作法』(註9)上篇第十三「歌を作らうとする時及び出来た後」の章で「作り度くて出来ない時」の一節を参考までに引用する。

散歩より更に有効なのは読書である。それもさういふ手近な目的で読む場合には大部な、新しいむづかしいものなどを読み始めてゐては間に合はぬので大抵は手近な、読み慣れたものを読むがよろしい。黙読より音読がよい。それも散文より韻文がよい。多くは新しいものより古いもの、方がよい。たとへば万葉集の歌、祝詞、聖書の詩篇、唐詩選、少し長いが方丈記、若し外国語の出来る人ならそれ〴〵の国語によつて書かれた大きな詩人の詩、さういふものを未明の神前に祝詞を誦する神官のやうな緊張した、敬虔な心で音読するのである。暗記してゐるならば瞑目端座して読み上ぐるがよい。音読せよといふのは自分の声そのものが自然に自身に感興を呼ぶものであるからである。

三、「国語」の成立と五七調・七五調の問題

牧水が県立として初めて開設された延岡中学校に入学した明治三十二年とは、「中学校令」が改正された年でもある。翌三十三年には「小学校令」が改正され、「国語科」という「教科」が成立したとされる年である。それまでの「読書」「作文」「習字」の三科が「国語」に統一され、「読ミ方」「書キ方」「綴リ方」「話シ方」に分けられたということである。これは単に学制の改正というよりも、近代日本語を創造するという国家建設的な意図と文化的革新の織り合わさった、壮大な一大事業の成果であるといってよい。西暦一九〇〇年になりなむとするこの年前後に至る過程で創られたのが、我々が使用する現代日本語であり言文一致の産物であるということができる。この当時の詳細な事情については、山口謡司『日本語を作った男　上田万年とその時代』(註10)をご参照願いたいが、前項で論じた「音読」中心の世情において愛好された一つの文体について述べた部分を、ここでは引用しておきたい。

前項で述べた逍遙の「読法を興さんとする趣旨」が掲載された雑誌『国民之友』を出版したのは、「民友社」を設立した徳富蘇峰である。その蘇峰の初期の文章（明治十八年『愛国ノ歌』や同十九年『将来之日本』）を山口は評して、「当時、まだ、本を黙読することはほとんどなかった。」とした上で、「漢文訓読体と和歌の七五調が見事に融合したもの」としている。その流れを汲むものとして明治二十年の「ダイナマイト節」や明治二十四年初演の川上音二郎「オッペケペー節」などが、当時の「演説」で歌われたことばであると紹介されている。

こうした近代日本語の創造と「国語」という教科の成立に大きく貢献し、また影響を与えた人物が、山口の著書題にも登場する国語学者で東京帝国大学教授の上田万年である。上田自身の功績については、やはり他書に詳述を譲るが、上田が「和歌」に対してどのような認識を持っていたかを述べた文章（註11）があるので、その一部をここで見ておきたい。

猶終りに附加へて申上げて置きたいことが一つある。平安朝以来和歌の道が盛んになつて勅撰集などもいろ〳〵出来てゐる。我国の一派の論者は此勅撰集が出来、朝廷初め多くの人民が余り和歌に夢中になり過ぎた為に、国力を弱め、朝廷の御威光も薄らぐやうになつたと論じてゐる。それで、明治時代の勅撰集などもあつて然るべきであるがまだ出来てゐない。然し是は始から云へば誤つた論で、王朝を衰微させたのは決して和歌の罪ではない、明治大正昭和といふやうな御代に勅撰集はあつて然るべきだと私は信ずる。和歌が民心を弱らしめたといふ説は一方からの見方であつて、決して公正な判断ではない。のみならず私から云はせれば、和歌の道が、日本国を保有したこと、三千年来語り伝へた日本言葉を、和歌の上で保有して来た功績は極めて大きいことと認める、若し此道の上で、古来の和歌を研究保有し、国民に日本言語の、精華を知らしめることをしなかつたならば、我が日本言語は、もつと〳〵異国的なものになり、殺風景のものになつて仕舞つたであらう。斯ういふ点を考へると我々が今日昔の古典に接しても余り多く苦痛も感ぜずに、これを理解し得るのは、全く平安朝以来の歌人が、歌道の上に於て我々に日本的思想を伝へて呉れた為めだと思ふ。今日では時勢が変つて歌の上に漢語だの洋語だのを妄りに使ふことが流行るが、和歌の上に於ては国語の純粋といふことは、かなり厳格に維持されて来たのである。即ち日本人の思想及び感情は言葉で顕はすといふことは今日でも厳として存在してゐるのである。私は此主義は今日以後も少しも変へないやうにして進みたく思ふ。歌ばかりでなく、普通日常の言語でも、成るべく大和言葉で進んでゆきたく願ふ。斯うい　ふ考へから過去の和歌の発達を考へて見ると、其処に此道の先輩に多大の感謝を捧げなくてはならぬものと考へるのである。

眼が不自由となり口述筆記で成されたとするこの上田の見解は、所載された『短歌講座』が出版された一九三二年（昭和七年）当時、いわば晩年のものであるが、近代日本語の創造に関わってきた上田によって、「和歌の道が、日本国を保有したこと、三千年来語り伝へた日本言葉を、和歌の上で保有して来た功績は極めて大きいことと認める」と評されている意義は大きいと考えたい。その上で「和歌の上に於ては国語の純粋といふことは、かなり厳格に維持されて来たのである。」として、「即ち日本人の思想及び感情は言葉で顕はすといふことは今日でも厳として存してゐるのである。私は此主義は今日以後も少しも変へないやうにして進みたく思ふ。歌ばかりでなく、普通日常の言語でも、成るべく大和言葉で進んでゆきたく願ふ。」といった点も、近代日本語と「和歌」との関係を考える上で注目すべき見解であろう。そして本章の題でもある、牧水の朗誦性を考える上において、「日本言葉」の使用を重要視するこの発言は傾聴に値する。本章の項目一で参考とした伊藤一彦の評論(註12)で指摘されているように、牧水の「和語の比率」の高さとその歌における表現上の効果への批評は、まさにこの上田の弁に一致する。ここに和歌から短歌への永きにわたる歴史、そして急激な西洋文明の流入を受け容れた明治時代の言語・文化と「近代日本語」という相関性において、「和語(大和言葉)」の継承・発展という意味で、短歌が大きな役割を果たしたことを評価することができると思われる。

さて次に、先述した明治二十年前後の「七五調」による文体の問題について考えておきたい。言うまでもなくこの年代において「七五調」が盛んに用いられた背景には、明治十五年(一八八二年)刊行の外山正一・矢田部良吉・井上哲治郎編著による『新体詩抄』による「新」しい文「体」の「詩」の提示に拠るところが大きいわけである。その凡例(註13)には次のように記されている。

和歌ノ長キ者ハ、其体或ハ五七、或ハ七五ナリ、而シテ此書ニ載スル所モ亦七五ナリ、七五ハ七五ト雖モ、古ノ法則ニ拘ハル者ニアラス、且ツ夫レ此外種々ノ新体ヲ求メント欲ス、故ニ之ヲ新体ト称スルナリ、

このように『新体詩抄』において「和歌で長い歌」は、「文体」として「五七」と「七五」であるのだが、この書に載せるのは「七五調」であると、その文体の選択を宣言しているわけである。これに端を発する問題意識に関する事情については、既に青山英正（註14）によって詳細に論じられている。青山の論では、明治二十年代前半における「長歌改良論争」において、佐佐木弘綱が論じた「長歌改良論」（註15）が提唱されたことで「それまで絶対的な規範としてあった五七が単なる選択肢の一つとして相対化され、それに伴って五七や七五以外の道筋が、新たな長詩形を模索する者たちの前に具体的に開けたのである。」としている。ここでは牧水歌も視野に入れながら、佐佐木弘綱の「長歌改良論」について注目すべき点について言及しておきたい。

明治二十一年九月に刊行された和歌雑誌『筆の花　第九集』に掲載された、佐佐木弘綱の「長歌改良論」では、その冒頭において「声」「言葉」「しらべ」について論じられている。

されど共、人は鳥獣抔よりは、物に感じ安く触安ければ、尤も声多き物也。其出る声を言葉といふ。其言葉に、句と調といふ事あり。句とは声をつらねて、ひとつの調となりたるをも、又

調にてにをはのそはりて、三言四言五言六言七言などなりたるをもいふ。かく上古は、句の文字数さまざまなりしかど、大方は、五言と七言の句となれり。調とは、声ととのふをいふ。是を漢語にては、調子といへり。此調子あはぬ時は、管絃は勿論、人の調も更に感なく。意も通ぜぬものなり。されば、声はしらべを第一とすべき也。其調は天地自然の物にして、更に人作にあらず。しか定まりたるものから、其人々の声によりて、みやびたるあり、さとびたるあり、美はしきあり、ききにくきあり。又国々によりて、声のしらべかはり、又世々ふるまゝにしらべのさま、うつりもてゆく物なり。

人は「尤も声多き物」であり、その「声」を「言葉」といい、それに「句」と「調」があるとされている。「上古」から「句の文字数」は様々であったが、「大方は、五言と七言の句」であるとし、「調」とは「声ととのふ」ことを云うのだと述べる。「声はしらべを第一とすべき也。」とし、「天地自然の物」と述べられている。こうした前提による七五調の提唱が、結果的に五七調に縛られない、詩歌の調べを開拓する結果となっていることは重要であろう。

牧水が「調べ」を重視した作歌活動をしていたことは項目一でも述べたが、それは「声ととのふ」ことでもあり、「天地自然の物」を我が歌の原点に据えているともいえよう。奇しくも佐佐木弘綱の歌論の趣旨が、牧水の作歌活動のあり方に共通した要素を持つのも興味深いことである。

そしてやはり項目一で述べたように、牧水が朗誦すると友人たちが和して「声高らかに藤村や泣菫や敏の詩や訳詩をうたつた」という点にも、あらためて光を当てておきたい。『新体詩抄』以後の七五調を中心とする詩や翻訳詩を、牧水が朗誦をすることで、近世歌壇から継承された五七調のみに拘泥しない、調べへの感覚が取り込まれたともいえるのではないだろうか。明治二十年代前後の近代「国語」の成立へ向けた胎動と「長歌改良論争」に見られた五七調・七五調への認識などが、約十年後の明治三十年代に青春時代を迎える若山牧水に、少なからぬ影響を及ぼしているのではないかと考えるのである。やや迂遠な道を歩んだが、このような時代背景が牧水の短歌観へと連なるものと捉え、諸資料を提示して見解を述べてきた。

四、牧水の「力動」を読む

ここまで牧水の青春期にあたる時代が、明治の近代読者成立期にあたり、「音読」から「黙読」へと読書の方法が大きく転換した時代であったこと。また、明治三十三年小学校令の改正に伴い「国語」という教科が成立するとともに、近代日本語の形成が様々な分野で意識され、詩歌の上では五七調・七五調の対立が鮮明化し、その調べが相対化した時代であったことを述べた。こうした時代背景において牧水は、比較的作歌活動の中で「音読」を重視していたこと。また一方の調べに拘泥せずに「声」「ことば」「調べ」の均衡を図って作歌活動に取り組んでいたのではないかと思われる。最後に、牧水の若き日の第一歌集『海の聲』を中心にして、このような時代との適合をどのように牧水が短歌に反映させているかについて、批評的に論じてみたい。

声あげてわれ泣く海の濃みどりの底に声ゆけつれなき耳に

青の海そのひびき断ち一瞬《いっしゅん》の沈黙《しじま》を守れ日の声聴かむ

海の声たえむとしてはまた起る地に人は生《あ》れまた人を生《う》む

（『海の聲』所載歌）

第一歌集『海の聲』の牧水自序冒頭には、「われは海の声を愛す。」とあり、「その無限の声の不安おほきわが胸にかよふとき、われはげに云ひがたき悲哀と慰藉とを覚えずんばあらず。」とし、さらには「こころせまりて歌うたふ時、また斯のおもひの湧きいでて耐へがたきを覚ゆ。」としている。牧水の作歌活動や生命力の原点に、畏怖するとともに敬愛すべき自然の象徴たる「海の声」が厳然として存在していることが読み取れる。ここに挙げた三首は、まさにこの自序に記した信念が歌に表出したものであろう。海との聴覚を介した対話の中に、自己の生命力を確認していくような姿勢がある。もちろんそこに「短歌」が存し、「声」そのものが「ことば」でもあり「調べ」であるということで、「歌」が成立するという境地に至っている。こう考えると、牧水歌の原点にあるのは、「歌」は「声」であるという感覚ではあるまいか。よって、「ことば」

と「調べ」の均衡も自ずと重視することになる。こうした牧水の初期の歌を鑑みるに、第一歌集名にも含めた「声」(「文字」に対して「一次言語」とも云われる)に対する意識が大変高いことが窺い知れる。ここではその「声の文化」について論じられた著名な評論(註16)を参照しておきたい。

しかし、書くことによって開かれたすばらしい世界のいたるところで、話しことばは依然として生きている。書かれたテクストといえども、直接的にであれ間接的にであれ、言語の本来のすみかである音の世界に結びつけられないことには、意味をもつことができない。テクストを「読む」ということは、音読であれ黙読であれ、そのテクストを音声にうつしかえることである。

また同書では、「声の文化」のテクストの特徴として、「累加的」「累積的」や「人間的な生活世界への密着」「感情移入的あるいは参加的」「恒常性維持的」といった点を指摘(註17)している。そして何よりも牧水歌の特徴と同書の指摘が適合する点は、「力動的」(註18)という語で評された「声の文化」の特徴ではないだろうか。

声の文化のなかで生きる人びとがふつう、またおそらく例外なしに、ことばには偉大な力が宿ると考えていることもまた、驚くべきことではない。音声は、力を使わなければ、音としてひびくことができない。（中略）この意味で、すべての音声、とりわけ口頭での発話は、生体の内部から発するのであるから、「力動的dynamic」なのである。

声の文化の中で生きる人びとがふつう、そしておそらく、まず例外なしに、ことばには魔術的な力があると見なしている事実は、かれらのことばにたいする次のような感覚と、少なくとも無意識下では明らかに結びついている。つまり、ことばとは、かならず話されるものであり、音としてひびくものであり、それゆえ力によって発せられるものだ、という感覚である。活字に深く毒されている人びとは、ことばとは、まず第一に声であり、できごとであり、それゆえ必然的に力によって生みだされるものだ、ということを忘れている。

牧水歌から我々が感じ取ることのできる逞しい生命力というのは、このような「声の文化」としての要素を、存分に含有しているからと考えてよいのではないだろうか。例えば**「累加的・累積的」**な要素は次に挙げる歌から読み取ることができるであろう。

空の日に浸みかも響く青々と海鳴るあはれ青き海鳴る

誰ぞ誰ぞ誰ぞわがこころ鼓つ春の日の更けゆく海の琴にあはせて

春の雲しづかにゆけりわがこころ静かに泣けり何をおもふや

雲見れば雲に木見れば木に草にあな悲しみの水の火は燃ゆ

わが胸ゆ海のこころにわが胸に海のこころゆあはれ糸鳴る

もの見れば焼かむとぞおもふもの見れば消なむとぞ思ふ弱き性かな

「人間的な生活世界への密着」という観点の例歌としては次の二首。

短かりし一夜なりしか長かりし一夜なりしか先ず君よいへ

相見ねば見む日をおもひ相見ては見ぬ日を憶ふさびしきこころ

「感情移入的あるいは参加的」という観点の例歌としては次の三首。

わがこころ海に吸はれぬ海すひぬそのたたかひに瞳《め》は燃ゆるかな

悲しきか君泣け泣くをあざわらひあざわらひつつわれも泣かなむ

山を見よ山に日は照る海を見よ海に日は照るいざ唇《くち》を君

「恒常性維持的」という観点の例歌としては次の三首。

夜半の海汝《な》はよく知るや魂一つここに生きゐて汝が声を聴く

悲哀《かなしみ》よいでわれを刺せ汝《な》がままにわれ刺しも得ばいで千々に刺せ

眼とづればこころしづかに音《ね》をたてぬ雲遠見《とほみ》ゆる行く春のまど

（いずれも『海の聲』所載歌）

ここでは各特徴の具体相を牧水の歌で理解しやすいように、仮に類型化をしてみたが、取り挙げた歌はそれぞれの観点における特徴がありつつも、総合的に四つの特徴を読み取れると評することもできよう。そしていずれの歌も「力動的」な面を読み取ることができるのではないかと思われる。「声」「ことば」「調べ」という観点から牧水歌を読むことで、「活字」として書かれたものという狭矮な枠から解放することができてこそ、その歌が持つ真の力強い動きを、我々読者は初めて体感できるのかもしれない。

五、おわりに

牧水歌の朗誦性に注目し、その時代背景を述べるとともに、短歌を「声」「ことば」「調べ」といった観点で読むことについて考えてみた。現代社会に生きる我々は、ともすると年々急加速する時代の波に呑まれて、明治という近くて遠い「近代」の成立過程との連接を無視して物事を考えがちなのではないだろうか。現代は映像メディアの番組制作においても「声」よりも「文字」が重視され、生きた「ことば」や「調べ」を聴き取る我々の本来持つべき豊かな感性を次々と破壊しているように見える。現代読者として牧水の歌に向き合ったとき、それは「活字」なのではなく、生きた「声」であり「ことば」であることを、その「調べ」から十分に読み味わいたいものである。

総じて、本章にて述べたことを端的に語る歌としては、やはり『海の声』所載のあまりにも著名な次の二首を度外視しておくことはできない。

けふもまたこころの鉦《かね》をうち鳴《なら》しうち鳴しつつあくがれて行く

幾山河越えさり行かば寂しさの終《は》てなむ国ぞ今日も旅ゆく

この究極ともいえる「力動的」な歌の魅力を「声」で味わいつつ、七五調・五七調の対比などにも注視したとき、牧水の奥深い歌境を辿る道が拓けているのではあるまいか。最後に、晩年に至るまで牧水が、こうした「声」「ことば」「調べ」のひびきから生命力を感得していたことを窺わせる、次の歌を挙げて本章の結びとしたい。

寒《かん》の水に身はこほれども浴び浴ぶるひびきにこたへ力湧き来《きた》る　（『山桜の歌』より）

（註1）伊藤一彦「牧水における和語と漢語――『別離』を中心に」『若山牧水　その親和力を読む』（二〇一五年短歌研究社）一四八頁（初出）『牧水研究　第十六号』（二〇一四年四月）
（註2）『短歌研究』（一九四〇年九月号）特輯「若山牧水を憶ふ」
（註3）『牧水襍記』
（註4）前田愛『近代読者の成立』（二〇〇一年岩波現代文庫）「音読から黙読へ――近代読者の成立」一六六頁～二一〇頁　初出：『国語と国文学』一九六二年「音読から黙読へ」
（註5）山口謡司『日本語を作った男　上田万年とその時代』（二〇一六年集英社インターナショナル）第十章三四四頁

（註6）『若山牧水全集第二巻』（一九九二年増進会出版会）明治三七年日記　四四四頁
（註7）『国民之友第百拾五号』明治二十四年四月十三日発行
（註8）永嶺重敏『〈読書国民〉の誕生　明治三十年代の活字メディアと読書文化』（二〇〇四年日本エディタースクール出版部）一一三頁（引用文中「　」内は永嶺の注によれば、（横田章『読書力の養成』広文堂書店　明治四二年　一頁）に拠るものである。）
（註9）『若山牧水全集第九巻』（一九九二年増進会出版会）「短歌作法」七一〜七二頁
（註10）（註5）前掲書
（註11）『短歌講座第十巻特殊研究篇上巻』（一九三二年改造社）所収　上田万年「国語と和歌」七五頁〜八十頁
（註12）（註1）前掲書
（註13）『新体詩抄』初版　一八八二年（明治十五年七月刊行）丸屋善七（東京）刊　国文学研究資料館蔵（リプリント日本近代文学一六一　二〇〇九年平凡社）
（註14）青山英正「七五調の幕末・明治——今様評価の変遷と加藤桜老編『古今今様集』」（二〇一六年勉誠出版『幕末明治　移行期の思想と文化』所収）三二八頁
（註15）『明治大正短歌資料大成第一巻　明治歌論資料集成』（一九七五年　鳳出版）一五九頁〜一六三頁
（註16）W・J・オング『声の文化と文字の文化』桜井直文他訳（一九九一年　藤原書店）二五頁
（註17）（註16）前掲書　八二頁〜一二四頁「声の文化にもとづく思考と表現のさらなる特徴」
（註18）（註16）前掲書　七四〜七五頁
※牧水の短歌引用は、『若山牧水全集』（一九九二年増進会出版社）に拠るが、旧字は適宜、新字に改めて表記した。

第一章

牧水の聲《こえ》――「朗詠」ができた最後の歌人

一、牧水の聲《こえ》が聴きたい

豊かなる調に乗りて流れ出でしあはれかの歌あはれかの声　（尾上柴舟）

牧水が美音の歌の朗詠を聴く恍惚をいまもわすれず　（吉井　勇）

牧水の短歌の師匠である尾上柴舟と、早稲田大学時代の学友でもある吉井勇が、いずれも牧水の聲や朗詠に惹かれた心を歌に詠んでいる。柴舟は「豊かなる調に乗りて」と牧水の朗詠に多様な「調」があるとし、勇は「美音の歌の朗詠」と讃え、牧水の聲が忘れがたく「恍惚」とまでもいうような陶酔に至ると絶賛している。こうした歌を読むだけでも、筆者は心から牧水の聲が聴きたいという強い欲求を抱かざるを得ない。しかし残念ながら、牧水の聲の録音はこの世に保存されていない。文化的資産を復元するのが人文学のダイナミズムだとすれば、物理的に「録音」が無いからといって諦めるのは牧水研究者としての敗北のようで受け入れ難い。このような欲求により、本章を「牧水の聲」と題し、限られた資料をもとに「牧水の聲」を少しはイメージできるように復元を試みてみたいと思っている。写真や動画に音声までもがデジタル化されて無秩序にも無防備にも保存されている不自然な時代に抗いつつ、牧水の同時代の歌人たちの証言をもとにこの命題を、少しでも手触りのあるものにしたいと思うのである。

仕事場である研究室の机の正面の壁に、宮崎県立図書館から寄贈いただいた牧水の大きな肖像写真を掲げている。いまも本章を書くにあたり、牧水があの優しい瞳で筆者を見つめている。口髭に沿ったあの口から、どんな短歌の朗詠が響いてくるのだろう。講義の準備をする際も事務仕事をする際も、相談に来た学生と対話する際も、いつも筆者は牧水とも対話しているような身体的状況に身を置いている。時に、ある一定の「想像の聲」が筆者の脳裏に響き渡る。だがしかし、映画の吹き替え版を観た後に字幕版を観た時の「聲」と「キャラクター」との落差に慄《おのの》いてしまうように、その想像がいかにも身勝手な恣意だと気づかされる。古典籍の原典復元を目指す研究を考えるならば、「音声」の復元は別ジャンルの科学的な解析を希求しそうであるが、あの優しくも輝く瞳に見つめられている以上、筆者は文献資料からの復元を試みる使命を負っていると心に誓うのである。読者諸氏もたぶん同じ思いを抱いているであろう、「牧水の聲が聴きたい」と……。

二、同時代の人々が聴いた牧水の朗詠

牧水は様々な歌人と交流があったが、妻・喜志子と出逢う契機となった信州出身の太田水穂が、牧水と酒席をともにした際のことを次のように記している。

一杯二杯、私が酒の相手の出来ない下戸であるから、三杯以上は話しつつ差しつつ、そのうちに差すことは忘れて牧水君の独酌となって、ちびりちびりと、雲丹などをなめながら盃を重ねてゆくときの、あんばいの気持ちは半ば夢心地で、何か海の潮の上を、日和の旅でもしてゆくやうな感じである。酔が廻ってゆくと、さすがに顔が腫れぼったくなり、額の辺が汗ばんでくる。すると無口の同君の口つきが一層危なげになってゆく。しかしさういふ時に座に優しい女中がをり、家内などの声援があって、「さァ一つお唄ひ下さい」といふ場合など、牧水君はややもじもじしながら、しかし朗々と歌ひ出す。その声は渋味をもった太さ、雪解の水が沢を下るやうである。歌はきまって「白鳥は悲しからずや」或ひは「栗の木の梢に毬のなる」といふあの時代の秀歌であるから私共一家はその酒の席へいざり出て、家人も来客も耳を澄して感激したことであった。

太田水穂がこのように酒席での牧水の朗詠を描写する資料を引用した大悟法利雄は、大正十一年以降の牧水の晩年において生活をともにし、「その朗詠を聞く機会は誰よりも多く、その呼吸は誰よりもよく知っているつもりである。」と言い、『若山牧水新研究』（一九七八年・短歌新聞社）において、牧水の朗詠について見解を示している。牧水の朗詠の聲は「天成の美声」であるが、「底に一脈の哀愁が流れ、若い頃から既に一種の『寂び』をもっていたようである。」とする。さらには、一番大きな特色として「一首々々の歌の声調を大切にしてそれを生かすところの工夫と呼吸とにあった。」もので「決して一定したものではなく、歌により詩によって自由に変化する。」としている。そのうえで「声調」ということについて「五七、五七、七という本来の形から種々に変化したもので、すこし注意して調べてみれば三十一音という定型の実に複雑なことがよくわかる。」として上の句・下の句で句切って読むことは適当でないとし、「一つ一つの言葉にも強弱、長短がなければならず、アクセントも無視してはならないし、強弱、長短、それぞれにちがうのが自然であることもわかろう。」としている。こうした点に考慮して朗詠は「作曲するような気持でやらねばならない」と、大悟法利雄は自らの朗詠観も示している。大悟法は明治三十一年生まれでもあり、やはり明治生まれの歌人として牧水の生身に接した経験を持ち、「声調」を重視した短歌の「朗詠観」として貴重な見解であると思われる。

引き続き大悟法の記述に拠ると、牧水は自作の短歌だけではなく、「万葉の長歌や島崎藤村の詩、『海潮音』の訳詩などを好んで朗詠していた」と云う。これらの文学素材においても「声調」

の変化ある朗詠をしたために、「聞く者を魅了し、大きな感激を与えた」らしく、「ほんとうに歌を味わせ詩を味わせる朗詠」であったのだと述べている。古代の万葉長歌五七調とともに、藤村や訳詩などの主に七五調の双方を個々の詩歌の「声調」を重んじて朗詠することで、その多様な韻律を牧水は自らの身体に通していたことがわかる。牧水歌の朗誦性・愛誦性は、この多様な古代から近代までの詩歌の朗詠によって、個々の詩歌を身体的に咀嚼することで獲得された「声調」によるものであるといえるのではないだろうか。

大悟法が前述のような見解を述べるには、他にも多くの牧水周辺の人々の証言が同書に掲載されている。そのいくつかの記述をここに引用しその要諦を再読してみよう。

○斎藤茂吉（傍線・中村）

気の合ふ友と酒をくみ興ずるや自作の歌を歌ひ出すその声が澄んだ余韻を曳く。実に好い。人の心の底に圧しつけてゐる至醇なものを呼びさます声だから、牧水さんが歌ひ出すと体裁も礼儀も忘れて子供のやうに踊り出す程であった。余り芸術的な声なので酒の歌を蓄音機のレコードに吹き込んだ筈です。（談）

○和田山蘭（傍線・中村）

朗詠は興がのれば酒があっても無くてもやった。声がほがらかで、澄んで、ふしまわしが軽くて、まことに恍惚たらしめる。現代では無論無いし、古今の第一人者であるかも知れない。これの聞けないのはほんとにさびしいと思ふ。いつか創作大会で互選歌を一々朗詠したが、そばできいてゐた斎藤茂吉氏はかうしてきいてゐると、どの歌もどの歌も皆いいと感心したことがある。これは一面彼の朗詠のちからの偉大を語ってゐるのである。

まずは斎藤茂吉の（談）からの記述。牧水の聲は「澄んだ余韻を曳く。」もので「人の心の底に圧しつけてゐる至醇なものを呼びさます声だから」とあり、歌ことばの澄んだ残響が、人が抑圧的に心の奥底に持っているきわめて純粋なものを呼び覚ます声で「芸術的」であると評している。茂吉と同年齢、明治十五年生まれの和田山蘭は、牧水が編集を務めた雑誌『創作』の同人にもなっている。茂吉の賞讃に言及しつつ、短歌が「朗詠のちから」でよりよいものに聞こえてくることを記す。茂吉同様に声が澄んでいることを述べ、加えて「ほがらか」「ふしまわしが軽い」などの特長を挙げて、聞いている者を「恍惚たらしめる」としている。まずは、牧水の聲の特長として「澄んだ余韻」という点を、周辺の歌人たちが聴きとっていたことを確認しておこう。

牧水が朗詠した場は、酒席ばかりではない。雑誌『創作』の校正の際に印刷所でも声を出しながら「歌を吟味する」様子が中川一政によって記されている。

○中川一政

創作の校正には印刷所へ手伝ひに行ったことがある。そんな時牧水は朱筆を入れながら口の中で玉をころばすやうにまたは声に出して歌を吟味した。

小杉放庵は牧水と酒席を同じくした事があるとみえて牧水の声をほめてゐたが、牧水の朗吟は美声であった。

微黴をおびて幾山河の歌などを吟ずる時などは、白楽天のいふやうに声をとなへて兼ねて情を伴ふものがあった。

ここでは、「朱筆を入れながら口の中で玉をころばすやうに」という校正作業中の牧水の身体性に注意したい。文字表記された短歌をただ脳内で検討するのみならず、声帯を動かし口腔内で「ころばす」ことで、韻律としての立体感を起ち上げながら校正している。一つに短歌を享受する側の耳（＝聴くこと）を仮に再現することで、歌を客観的に視ようとしている姿勢であるとともに、韻律こそが短歌の第一義的存在理由であるという牧水の短歌観にも通ずる所作といってもよいだろう。

またこの中川一政の記述の中にある「微黴をおびて幾山河の歌などを吟ずる時などは、白楽天のいふやうに声をとなへて兼ねて情を伴ふものがあった。」の部分にも傾聴に値する点が二点見いだせる。一つは牧水初期の名歌である「幾山河」の歌を吟ずることが取り沙汰されていることだ。朗詠が多くの人々に賞讃されている牧水であるが、やはり自歌の中にも朗詠に映える歌があろうし得意とする節回しもあったのではないかと思われる。前述したように、牧水の朗詠が個々の歌の「声調」によって多様に変化することを考えると、「幾山河」などが名歌たる評価を得てきたのも、その韻律性に大きな要素があるといえそうである。「白鳥は」の歌とともに、若いころから牧水自身の朗詠十八番こそが、歌壇の高い評価とも合致しているといえるのではないか。

もう一点、中川の弁で注目すべきは、「白楽天のいふやうに」として「声をとなへて兼ねて情を伴ふもの」ということである。詩歌は「声をとなへ」ることで、「情を伴ふ」という白楽天（白居易）の詩論を引き合いに出して牧水の姿勢を評価している点である。『白氏文集』巻第四十五「書序」に「与元九書」があるが、そこに「詩者、根情、苗言、華聲、実義」（詩は情を根にし言を苗にし聲を華にし義を実とする）とする詩論が示されている。中国古代の詩論では、『詩経』大序以来、「詩者志之所之也」（詩は志の之くところなり）とあり、日本では『古今和歌集』真名序・仮名序がこうした詩論の影響を受け、「やまとうたは人の心を種として」という歌論となり、以後の日本の歌論史に大きな影響を与えたことはほぼ定説となっている。ここで云う白楽天の詩論も「感情」が根本となり、「言葉」が苗代となり、「声調」が華容となり、「語義」が実存となるといった意味であろう。苗が生育し「聲」という華として開き実存する意義を示す、詩歌の存在理由として「華」たるが「聲」と規定するところに、大きな特徴を見出すことができよう。いわば、詩歌は「文字」上の「意義」だけでは「華」なき存在になってしまうわけであり、「聲」に出して朗詠されてこそ詩歌であるといった論として読めるのではないか。この指摘からは、漢籍上の「華聲」

詩論が明治の文化人に意識されていたということも窺い知ることができるわけであり、古代以来の漢籍交流の中にこそ「やまとうた」が初めて位置づけられる文化的背景を意識すべきとの命題を現代の我々に提示する資料であるともいえよう。

○山崎　斌（傍線・中村）

音声《おんじょう》と言へば、彼の詩や歌の朗吟は既にあまりに有名である。これは、レコードにして置けばよかったと、みな残念におもってゐる。

それにしても、あの少し仰向き加減にして眼をつむり、朗々と音吐する姿は今も眼に見ゆるのである。民謡も、酔ふと、楽しさうにしてよく唄った。きき惚れる美声ではあったが、これは民謡自体の調子といふよりも、彼、自らの調子になって仕舞った風であった。

次に牧水の朗詠時の姿勢について見ておきたい。山崎斌の記述に拠れば傍線部のように、「仰向き加減に眼をつむり」とされており、喉を開くがごとく仰向きで眼を瞑《つむ》るという姿勢が示されており、牧水の肖像写真などを想像上の動画と化して脳内で像を結んでみたりする一助となる。牧水は眼を開けば、太田水穂邸で初対面の喜志子が「きれいな眼が宝石のやうにピカ〳〵光って、」と形容したように、その眼力《めぢから》も大きな魅力を湛えていたわけである。だが朗詠に集中して眼を瞑る態度こそが、「歌」を「華」とすべき集中の所作だったといえるのではあるまいか。

○菊池知勇（傍線・中村）

何にしても、まだ二十歳そこそこの若さのうちに、はやくも耳を傾けさせるだけに朗詠したのだから天成といってよいほどで、生まれながらの美声――あの幅と、響きと、明るさと渋さとをもった美声は、その声帯の造りのよさから生れて来るものが多く、声帯のつくりのよさは、自らにして、最も困難な音律の諧調を巧みにコントロールして、普通人にはどうしても出来ない曲節をなだらかにうたひこなすことが出来たのであらう。

牧水には、何とかして人にほめられようとか、どうしたら人を感心させるによいかといふ様な、不純な心がなかった。自分の歌以外の歌、たとへば藤村の詩などを歌ふ時には、藤村の詩を自分の歌にしてしまって全く自分の歌をうたふつもりで、その歌にとけこんでうたってゐた。

態度という意味では、牧水と同世代（明治二十二年生）の歌人で教育者の菊池知勇の記述も興味深い。傍線部のように「人にほめられよう」とか「人を感心させる」ことを念頭に置いて朗詠をしていなかったことを特筆しているのだ。教育者としての業績もある菊池の目の付け所は卓見であり、他者に迎合したり忖度しない牧水の純粋に歌を自らの感興と解釈の赴くままに、悠然と自然な構えで朗詠していた態度が窺えるのだ。「朗詠」という行為そのものが、現代の歌人には馴染まなくなってしまったが、それは「朗詠」そのものを歌の「情」や「言」や「義」と切り離して、「人を感心させよう」という世間的で恣意的な欲望の所作に貶めてしまった近代的な社会環境の成せる業ではないのだろうか。明治出身の歌人の多くが自然に持ち得た自歌朗詠という創作活動の一部分を、現代の歌壇は喪失したことさえ忘れかけているように思えてならない。この点については、また後の項目で詳細に述べることにしよう。

三、朗詠が歌に適するのか？　歌が聲にかたち創られるのか？

前項で大悟法利雄の著作からその談を引用した画家である中川一政について、『牧水全集第十巻』添付の月報「もうひとつの旅の理由」という文章において、佐佐木幸綱が中川に面談した際の興味深い話題を記している。画家である中川は十代から熱心に短歌も作り、牧水の散歩や小旅行について行ったそうだ。その折に「山道などを歩いていると、牧水は、じつに気持ちよさそうに自分の短歌を誦えたのだそうである。小声ではなく、うしろを歩く中川少年にもじゅうぶんに聞こえる大声だったという。が、朗詠のようにメロディーつきではなかったらしい。誦えるというか、口ずさむというか、歩くリズムに合わせて声を出していたという。」という中川の体験談が記されている。いわば、「牧水にとっての短歌は、歩くリズムだったのであろう。」と佐佐木は述べて、「牧水の短歌には、そうした生の根源から発するようなリズムがある。牧水の歌の愛誦性の秘密は、たぶん、ここのところにある。」とした見方を示しているのだ。

前項で述べた大悟法の見解では、「当時は一般には『朗吟』といっていたのだが、牧水は常に『朗詠』といっていた。」とされている。だが問題は「朗詠」というそのものの定義もまた、実に幅広いものであるように思われる。前項の考察を今一度確認しつつ、あらためて「牧水の朗詠」について考えると、それは徒に節を付けて詠うわけではなく、個々の短歌の「声調」を活かす詠み方なのであった。人が歩く際には、その路面によって歩幅や呼吸が変化する。となれば牧水の短歌には創作時の「歩くリズム」が載っており、その可変性によって「聲」にする際も多様な「声調」があったのではないだろうか。

前述した『牧水全集第十巻』月報の文章で佐佐木幸綱は、与謝野晶子と斎藤茂吉の自作朗読の録音を聴いた上で、その対比についての見解を述べている。晶子の朗読は「不思議なメロディーがついている。テンポはひじょうに早い。」とし、「晶子の頭脳はこの早いテンポで回転し、このスピードで言葉と心が交錯していたのである。」とする。一方、茂吉の朗読は「一音ずつ区切って、ちょうど楷書のような朗詠である。高さはバリトン、東北人らしい発音もじゅうぶん聞き分けられる。」と評する。また、茂吉は晶子の歌を「早口の少女」と批判していたことも紹介している。その上で「茂吉にとっての歌のリズムは、急がず、堂々と、一直線に云いくだすべきものだった。」としている。このように「朗読」「朗詠」という語彙はともかく、明治の歌人が自作短歌を声に出して読むという行為は、当人の創作態度そのものと密接な関係性があることを窺い知ることができる。

このように考えてくると、牧水の場合も「朗詠が上手だった。」とか「朗詠に適した歌が多かった。」という捉え方が、明治の歌人としての同時代批評からは外れた評語ということになってしまうのではないか。短歌創作の段階とは区別された「表現行為」として「朗詠」や「朗読」を捉えてしまうのは、現代の創作への態度や考え方を反映したものであると言わざるを得ない。それほどに現代は「文字」偏重な思考が席巻してしまい、「聲」こそが思考たる言葉を表象する際の思索的な拠り所であることをすっかり忘れてしまっているのではないか。歩きながら「聲」を出せば、その状況や主体の状態、周囲の環境にも大きな影響を受けて様々な「聲」の変化が生じる。この動的に「聲」にすることで牧水は短歌を創作していたわけである。自ずとその都度その都度の「歩くリズム」が、個々の歌の上に個性的に表出してくる。「歩くリズム」が旅の途次などで変化の起伏が激しいほど、紡ぎ出される短歌もまた多様な韻律を含み込むことになる。

こうした状況を牧水の紀行と歌集『くろ土』所収の短歌とを対照させて評しながら、さらに牧水の聴覚的な素材の獲得とともに創作過程を追跡する内容を次章（「牧水の耳――渓の響き『日の光きこゆ』『鳥よなほ啼け』」（初出）現代短歌・南の会『梁』九六・二〇一九年五月）に記している。群馬県みなかみ町という渓谷の渦中を旅する牧水が、様々な思索を繰り返すために「歩き」ながら言葉を口ずさみ短歌創作へと繋げていった。その結果、五感と身体感覚が融合し「歩く」舞台となった場の自然と親和的に自らがその一部と化した歌を詠むことに至っている。この観点も含めると、牧水の歌創りというものは身体的な表現手段を存分に起動させることで、自らの心のあり様も見定めて表れ来る言葉を短歌として表出していたといえるようである。短歌には自ずと個々に置かれた場面の身体的な揺れが内在しており、その印象が強いほど、短歌創作の後になっても「聲」にする際に濃密な「声調」が表現できたのではないだろうか。愛誦性・朗誦性があると評されてきた牧水の短歌は、創作段階から自らの「聲」の多様な「声調」が作用して創作されたといえるのである。「朗詠」と「短歌」創りを別次元のものとして捉えてきた、我々の失われた「聲」への感覚を、牧水の短歌を通して今一度取り戻す必要があるのではないだろうか。

四、近代歌人の朗詠と朗読――「詠う」から「読む」へ

二〇〇八年（平成二十年）発行の『現代短歌朗読集成』（同朋舎メディアプラン）には、CDに収められた五十二人の歌人「朗読」の肉声音源を聴くことができる。同書刊行までに二度、歌人が自歌の朗読をまとまって録音する機会があったと「刊行にあたって」において篠弘が言及している。その第一回目は、一九三八年（昭和十三年）七月から十月にかけて録音された「日本コロムビア」のレコードだと云う。第二回目は、一九七五年（昭和五十年）に現代歌人協会によって学士会館で開催された「朗読会」が契機となって、翌々年に録音された音源であると云う。このうち第一回に参加した歌人は、佐佐木信綱・尾上柴舟・太田水穂・窪田空穂・与謝野晶子・斎藤茂吉・前田

夕暮・北原白秋・釈超空の九名である。一九三八年（昭和十三年）といえば、牧水没後十年にあたり同世代歌人たちがこのレコードの朗読者として名を連ねていることを考えるに、牧水の夭逝が惜しまれる。だが、現存叶わない時に封じ込められた牧水の聲であるからこそ、本書のような追究が形作られ、現実の音源にはないが短歌人や牧水愛好者のこころに響く「聲」を希求する深い欲望が湧き上がるのは本章の冒頭でも述べた。せめて音源の遺る牧水周辺の人々の聲には、耳を十分に傾けるべきであろう。

前述の昭和十三年第一回の日本コロムビアでの録音の歌人の生年を見るに、信綱（明治五年生）・柴舟（明治九年生）・水穂（明治九年）・空穂（明治十年）・晶子（明治十一年）五人が一八七〇年代ということになる。以下、茂吉（明治十五年）・夕暮（明治十六年）・白秋（明治十八年）・超空（明治二十年）という五名が一八八〇年代ということになる。この生年順の構成というものが、各歌人の「朗読」を聞くうえでその差異に気づく重要な手掛かりになるだろうと筆者は仮説を立てている。それは明治三十年から四十年の間に起きた様々な社会的な変革が、「朗読」＝「声の文化」への向き合い方を大きく変化させたと考えるゆえである。このことは既に序章で述べたことであるが、個々の歌人たちの「朗詠」「朗読」態度も自ずと年代によって社会的影響を受けているはずである。生年が明治十年前後の歌人にとって明治三十年代は、二十代の青年期を過ごした期間であるが、生年が明治十五年以降の茂吉らにとって明治三十年代は思春期を迎えた時期である。十歳代と二十歳代では短歌に向き合い始める時期に個人差はあろうが、個々の教育経験の中で「聲に出して読む」ことの優位性や書字教育との関係からの影響を考慮すべきであろう。まずはこのような点から「牧水の聲」を探る〝状況証拠〟を探ることになるが、前述の九名の歌人の部類でいえば、牧水は後者である白秋と同年生まれであり、生年が近い夕暮などとの交流は知られるところであり有効な横糸として手繰るべきものであろう。また同時に前者五名のうち柴舟は牧水が早稲田大学在学中に師事している。また水穂に関しては牧水が妻・喜志子と出逢う契機となった交流が知られ、この両人からの影響関係も「聲」を探るための縦糸になるであろう。

さらには『現代短歌朗読集成』の収録歌人構成を、第二回目の録音機会に拡げて考えてみよう。一九七五年（昭和五十年）に行われた現代歌人協会主催の「公開集会」における「朗読会」では、五島美代子・鹿児島寿蔵・近藤芳美ら七名が参加したと云う。これが契機となって一九七七年（昭和五十二年）に『現代歌人朗読集成』が大修館書店から刊行される。その録音に参加した五島美代子（明治三十一年）・鹿児島寿蔵（明治三十一年）・前川佐美雄（明治三十六年）・坪野哲久（明治三十九年）・木俣修（明治三十九年）に加えて土岐善麿（哀果・明治十八年）らの「朗読」のあり方も「牧水の聲」を相対化する重要な資料となると考えられる。こうした生年によって「短歌を聲にする」ことへの意識として、段階的な変化が生じているのではないかと筆者は考えている。その段階的な変化を概括的に述べるならば、「個性的に詠う」から「文字として読む」ことへの変化といえるであろうか。一八七〇年の歌人たちは、明らかに個々の「詠い方」を身体的に所有していたように思われる。牧水を含む一八八〇年世代は、前世代を継承する「詠い方」をしているが、やや個性は失われて一様な「詠い方」に変化したように思われる。それが一八九〇年世代になると、明らかに「詠う」というよりも「読む」ものに変化してくる。もちろん「朗読」する短歌の内容によっては、『朗読集成』にある五島美代子の録音のように抒情が聲に乗ったように「読む」歌人も見られるが、それでもやはり「詠う」ではなく「読む」という動詞で表現すべきものであると思われる。概括的に述べるならば、一八七〇年代からの三〇年間で、歌人たちは身体的に「詠う」ことから、文字としての歌を「読む」ことへ移行したといえるのではないだろうか。こうした視点で考えれば、明らかに牧水は大きな変革の時期に歌人として生きたということがいえるのではないかと思う。

それでは、録音が残る具体的な歌人の「朗読」についての見解を述べることで、変革の時期とした「牧水の聲」への想定を浮かび上がらせたい。ここでは牧水の師匠の「柴舟」、妻・喜志子との縁となった「水穂」、そして二歳上で同じく柴舟門下の「夕暮」、早稲田での同級生で親友でもあった「白秋」の四人について考えてみよう。まず柴舟については、明らかに「朗読」というよりは「朗吟」と呼ぶにふさわしく節をつけて朗誦するような調子が聴き取れる。特筆すべきは「水穂」の「朗吟・朗詠」である。収録された録音で最初は柴舟とは違い、「旬ごとに切って読み上げる」ようであるが三首ほどの後には、柴舟のように「朗吟・朗詠」のごとく「詠い」始めるのである。一人の歌人に二様の「詠い方」が聴き取れるということは、この世代の歌人として変革の兆しが見えるのではないかと思われてくる。この「水穂」の二様の「詠い方」は、やはり伝統的な和歌披講における二つの形式の応用と考えられるのではないだろうか。本書では和歌披講について詳細に紹介する余裕はないが、現在でも行われている「歌会始」での披講の形式のことである。披講すべき歌に対して最初に「講師」と呼ばれる役割の者が、「五・七・五・七・七」の五句に句切り、節をつけずに読み上げる形式が行われる。句ごとに引き伸ばして強く言い切るように読み、句ごとに三秒ほどの間が置かれて読み上げられる。この「講師」の役割は、歌の内容を伝えることであり、間を置くことで聴く側も耳に残る聲を十分に咀嚼して内容を脳裏にイメージしていくことができるわけである。その後には、「発声（一名）・講頌《こうしょう》（四人以上）」と呼ばれる者たちが、節をつけて詠うことになる。こちらの目的は、歌を味わい鑑賞することにあり、歌の節には「甲調」と「乙調」、さらには「上甲調」がある。概ね「和歌披講」の形式的な概略は、以上のようである。「水穂」の朗詠などは、もちろん「披講」そのものではないが、「歌の内容を伝える」ことと「歌を味わい鑑賞する」ことの目的別に二つの「詠い方」を融合しながら朗詠していたことを考えさせられる。

　牧水と同世代の「夕暮」や「白秋」らも録音では、前述した後者の「詠い方」をしている。「朗詠」となれば、「内容を伝える」ことよりも「味わい鑑賞する」目的が優先されることも考えられる。もう一つの理由として、明治期に入って新たな文体や語彙の開拓が行われ、それに対応するために「和歌披講」の原型を近代化した「詠い方」が生じたとも考えるのは早計の誹りを逃れないであろうか。牧水が破調歌にも挑み、文体とも格闘したことも本書第四章（（初出）「牧水短歌の『姿《さま》』と和漢の共鳴」『牧水研究第二十二号』二〇一八年十二月）で述べているが、そのような状況下で「詠い方」そのものも牧水世代の歌人たちが模索していたことを考えてもよいように思われる。「白秋」などはむしろ、そうした牧水の聲における身体性に非常に注目していたことは、次の記事（『若山牧水新研究』大悟法利雄・一九七八年・短歌新聞社　二三～二五頁）からも明らかである。

「ほう、ぽん〳〵」といふ音がする。

あゝ、もう牧水が散歩してるなと思ふ。私は雨戸をあけ、障子をあける。そうしてまた寝床にもぐり込む。寝ながら戸山学校の新緑を眺める。つい、前の原っぱを、無帽の、づんぐりした着物の小男が両手を、開いた口の前でぽん〳〵と拍いてゆく。黒い、しゃっきりした帯の結びが尻の上に垂れてゐる。

「ほう、ぽん〳〵」

風が光と輝いて吹く。下宿の竹垣の内では鶏の二三羽が餌を裘ってゐる。今日の英作文の時間は御免だなあと思ふ。

「おうい、若山君」

「や、起きてましたか、ぽん〳〵」

そこで、こちらも部屋の敷居から、両足を庭の方へ、ぶら下げる。ほう、ぽん〳〵。どうもうまくゆかない。

「君、けふも逃げようかな」

「何処へ」

「何処へだっていいさ。英作文は閉口だ」

「へへん」と彼、妙な声を出した。

朝飯を済ますと、牧水は懐に独歩の「武蔵野」を入れて、私は何にも持たないで、ぶらりと出て了ふ。初夏の武蔵野だ、何処へ行ったたって野道は縦横についてゐる。

若葉の櫟林に、荷車の軋みだ。

「ほう、ぽん〳〵」

「ほう、ぽん〳〵」

この「ほう、ぽん〳〵」の音さへすれば、牧水だなと、すぐ思へた。私が穴八幡下の同宿時代から、高田の馬場へ一戸を構へた後でも、よくこの「ほう、ぽん〳〵」の訪問に接した。

記述からわかるように、白秋は学生時代に牧水と同宿し授業にともに行かないような同士であった。その白秋が、牧水の「ほう、ぽん〳〵」という口で鼓を打つような音を常に気にかけているのは興味深い。荷車の軋みに乗せながら刻まれる牧水の聲ならぬ口芸「ほう、ぽん〳〵」、その癖は自ずと牧水と白秋に自然な律動を感得させたに違いない。「ほう、ぽん〳〵」の「ほう、」を含めた拍節は三拍であり、短歌でいえば「五音」の基本的な拍の長さに相当する。「初夏の武蔵野」の「若葉の櫟林」をゆく二人の足取りと、牧水の発する「ほう、ぽん〱」が次第に連動してくる。歩き進む律動は次第に勢いづき「ほう、ぽん〱」が「ほう、ぽん〱〱」と四拍になることもあるだろう。ここに短歌の持つ基本的な拍節リズムと牧水の身体性を伴った短歌の律動が自然な連動関係を結んだのではないだろうか。口芸で拍を刻む身体に周囲の素材が融合し始め、次第にことばと連携し短歌創作への構えができてくる。詩歌に傾倒する牧水と白秋が、その「拍節」という点において相互の存在を認め合っていた事例として、注目すべき記事であるように思う。その後の両者の交流を鑑みるに、「白秋」の朗詠そのものが、友人である牧水の影響を大きく受けていると考えるのは十分に可能な想定ではないかと思うのである。

五、牧水の聲すなわち短歌

これまで主に大悟法利雄『若山牧水新研究』「みんなの見た牧水、私の見た牧水」の章から、主に牧水が「朗吟」「朗詠」を大変に愛好し、その自慢の喉で詩歌を周囲の人々に聲で届けていた記録に基づき、そのあり方に再検討を加えてきた。また牧水の歌作そのものが自らの身体と自然との親和関係の中で培われてきており、「歩くリズム」のごとき力動性を自ずと牧水短歌は創作段階から含み込んでいると述べた。朗誦性や愛誦性があるのは、この自然たる人間が持っている律動の中から生み出された短歌であることを考えるべきであろう。また牧水の周辺の人々から、師匠の尾上柴舟・喜志子との縁を結ぶ契機となった太田水穂・大学時代の友人である北原白秋や前田夕暮の録音が遺されている朗詠・朗読の傾向を分析し、それらの要素の中に牧水の朗詠のあり方が見出せないかを探ってみた。

最後に今一度、大悟法の記述（前掲『若山牧水新研究』）に眼を向けると、「朗吟」「朗詠」という語の使用についての指摘がある。周囲の人々の記述には「朗吟」と書かれているが、牧水は「朗詠」という語を使用し、古くから使われていた「朗詠」の語を「新しく復活させた」のだという指摘である。平安朝の藤原公任撰『和漢朗詠集』を引き合いに出して大悟法が述べていることには、十分に慎重な語誌としての検討が求められる。だが、「朗吟」の「吟」と「朗詠」の「詠」は語義として大きな差があるように思われる。既存の詩歌を「口ずさむ（吟唱）」という態度であるのか、それとも聲にする行為そのものに詩歌を「詠む（詠出）」という意味合いを持たせるか。現代で使用される「朗読」という語彙を鑑みれば、あくまで（創作者自身ではない場合が多く）既存の詩歌を声に出して表現するという語感が強いのではないだろうか。

牧水が「朗詠」と言っていたのは、まさに歌作を総合的に含めた、聲をはじめとする身体性とこころとことばの共鳴の関係のことなのではないか。明治以降の歌人たちが、この「聲の身体性」を失ってきた中で、「朗詠」で歌を創る態度が顕著な最後の歌人が、若山牧水だったのであろう。我々は「牧水の聲」を、その歌集の中で存分に聴くことができるのである。

第二章

牧水の耳――渓の響き「日の光きこゆ」「鳥よなほ啼け」

一、はじめに――「耳をすませば」

宮崎に在住するようになって、耳を澄ますことが多くなった。家にいても風の音や雨の音によって天候の如何を察知するようになったり、川辺や海沿いの地まで行けば、せせらぎや潮騒を声のように聞こうとする気持ちが起動する。季節による暁の時間帯にもよるが、朝の目覚めは鳥の声によって為される日々。生まれ育った東京の地では、いつも街中から人工的な喩えがたい騒音の束が押し寄せて来ることを、幼少の頃から不思議にも異常にも思っていたのが筆者の感覚である。生育する居住地の環境が感性・感覚に影響を与えることは少なくないと思うが、日向市東郷町の坪谷川を眼前に見る牧水の生家に行くと、いつも少年時代の牧水の耳が捉えていた音の数々が気になってしまう。牧水公園内のコテージで夜を越したことがあるが、その位置からでも深夜や早朝の川瀬の音は、筆者の耳を捉えて離すことはなかった。さらに直接的に川瀬の響きの舞い上がる牧水生家の深夜の響きはいかなる具合だろうかと思う。この生家で幼少期を過ごし、その後は延岡・東京、最終的に静岡・沼津に居を構えた牧水が歌作を中心とする人生を歩んだ中で、その「耳」から得たものは如何なるものかという問題意識を深く抱くようになった。本章は「牧水の耳」と題し、聴覚や音声に関連づけて牧水短歌の特徴を跡づけて行きたいと思う。

そもそも、「牧水の耳」はどのようであったのだろうか。大悟法利雄『若山牧水伝』（短歌新聞社　一九七六年「中学時代」三九頁）によれば、旧制延岡中学校在学時に「撃剣の稽古中に横面を打たれて鼓膜を破り、そのために晩年まで左の耳に多少の不自由を感ずるようになったというのも、この二年生の時であったらしい。」と記されている。「左の耳の多少の不自由」というハンディを抱えながら牧水は生涯を過ごしたことになる。だが「多少の不自由」は時に、補足する感覚を鋭敏に研ぎ澄ます作用を生ずるように思う。見方を変えるならば、牧水は「歌心で周囲を聞く」ことが次第にできるようになっていったのではないか。ちょうどその頃、延岡中学校校長である山崎庚《か》午《ご》太郎《たろう》に心酔し国文学への眼を開き始めたのは偶然ではあるまい。次第に「運動競技から離れ始め」「寮の窮屈な生活を嫌うようになって来た。」と前掲の大悟法の著書に教えられる。

牧水は「声を聞く」ことの反作用である「声を発する」行為である朗詠においては、少年時代からその秀逸さが周囲の人々から賞讃されている。左耳の「多少の不自由」の程度はともかく、牧水は声を出し朗詠することで自らの声を聞きその響きを外界に投げ出すことによって、まるでレーダー波が返って来ることで様々な情報収集が可能になるかのような感覚を得ていたのではないだろうか。「牧水の耳」は「牧水の聲」とかけ離れがたく連動・連携していることを、前章に関連させて記しておくことにしたい。

二、渓の響きと独り言「寂しさの終てなむ国」

二〇一八年・平成三十年は牧水没後九十年という節目の年であり、宮崎県内でも多くの企画が催されたが、第十二回牧水顕彰全国大会は群馬県みなかみ町で開催された。牧水『みなかみ紀行』を町名の由来とする当地で節目の顕彰大会が行われることによって、あらためて牧水が二度訪れた旅の委細を垣間見る機会として我々牧水愛好者の期待は膨れあがった。十一月十七日㈯にはシンポジウム「牧水・旅と歌」が、馬場あき子・佐佐木幸綱・伊藤一彦という、当代で牧水を語るにはこれ以上ないお三方によって語られた。翌十八日㈰には「牧水ゆかりの地めぐり」として、「谷川冨士浅間神社」「谷川歌碑の道散策」「湯桧曽温泉」「湯原温泉」をバスで巡り歩くという充実した二日間であった。実は筆者にとって「みなかみ町」は、以前から特別の地であった。個人的な記述をお赦し願えるならば、筆者の母方の「いとこ会」が三十年にわたりこの「みなかみ」の地で開催され続けてきた。青年時代から人生のそれぞれの階梯において、この地で様々な思いを重ねてきたわけである。その「みなかみ」にて牧水の歌を考え、実地に味わい直す契機としての顕彰全国大会は、本章を執筆する意欲を十分に刺激してくれたといってよい。

私情はこのくらいにして、前述「牧水ゆかりの地めぐり」で散策した地において、どうしても腑に落ちない牧水の足跡の過程がある。「みなかみ」を牧水が訪れたのは、大正七年と大正十一年の二度である。町名由来となった『みなかみ紀行』は、後者十一年の紀行であり、前者七年の紀行は『静かなる旅をゆきつつ』（大正十年出版）である。本章ではこの大正七年における牧水のみなかみへの旅に焦点を絞って考えてみたい。この旅に際して詠まれた短歌は、やはり大正十年出版の第十三歌集『くろ土』に収載されている。重要なのは、短歌が生み出される過程となる牧水の「旅」の足跡が、紀行の文章から詳細に知られることである。場所やその時に置かれた境遇が、まさに作歌の「現場」として知り得ることができるのだ。この資料を存分に活かすべく、相互の記述を複眼的に見つめていこう。

『静かなる旅をゆきつつ』の「利根の奥へ」という項目に次のような記述がある。

> 「東方時論」の八月号に三上知治氏のかいた「利根《とね》の奥へ」といふ旅行スケッチが載つていた。日光から中禅寺湖湯元を経て、金精峠《こんせいたうげ》といふを越え、利根水源の一つである片品川の源に出て、追貝老神《おつかいおいがみ》といふ僻村を通つて沼田町に達し、更に右折して其処で片品川と合してゐる利根の本流に沿うて遡り、ずつと水上の越後境に在る湯桧曽《ゆびそ》といふ小さな温泉場まで辿つた事が軽妙で質実な絵と文章とでか丶れてあつた。私はそれを見てひどく心を動かされた。そして急に思い立つた、よしこの秋は自分もこの通りに渓から渓を歩いて見ようと。

元来私は峡谷の、しかも直ちに渓流に沿うた家に生れた。そして十歳までを其処で育つた。そんなことのあるためか、渓谷といふと一体に心を惹《ひ》かれ易い。それもこの二三年来、身体が少し弱つて、何といふことなく静かな所〳〵をと求めるやうになつてから、ことにそれが著しくなつた。岩から岩を伝うて流れ落つる水、その響、岩には落葉が散り溜まつて黄いろな秋の日が射してゐる……、さうした場所を想ひ出すごとにほんとに心の底の痛むやうな可懐《なつか》しさを感ずるのが常となつてゐる。

三十歳半ばにさしかかる牧水は、「それもこの二三年来、身体が少し弱つて」とあり、「直ちに渓流に沿うた家」である故郷の坪谷を回想し、「渓谷といふと一体に心を惹かれ易い」という思いを書き記している。みなかみへの旅は、生まれ育って十歳まで過ごした坪谷への郷愁と、喧噪の東京生活から「静かな所」を求めていたことが知られる。またこの旅の契機として、「東方時論」三上知治氏の記事も重要であろう。その記事に曰く「ずつと水上の越後境に在る湯桧曽といふ小さな温泉場まで辿つた事」と、旅の奥行を明示している。この旅で牧水が目標とする最深の到達点は、紀行を読む限り「湯桧曽」であったようだ。

大正七年十一月十二日、上野駅から電車に乗った牧水は、渋川経由で伊香保温泉に一泊、翌十三日に沼田までは電車（「名は電車だが、汽車の機関車風のものが真先くつついて三つばかりの車台を引いて走るのである。」（『静かなる旅をゆきつつ』の記述より）で行き、そこからは「恐るべき悪路」を「馬車」に乗るのだが、「うと〳〵でも為ようものなら忽ち首など打つ飛んでしまひさうな揺れかたである。」という困難な移動となり、「折々黄葉の間に渓の姿が見ゆるが、今はそれどころでは無い。」という思いを吐露している。悪路のはてにようやく、みなかみの入り口ともいえる湯原温泉の藤屋という宿に寄り、早速に「湯は何処だ」と疲弊した身体を温めに向かう。「凍えはてた手に辛く着物をぬいで湯へ浸る。程よき温度、泣きたいやうな心地である。漸く心が落ちつくと、どう〳〵といふ響きが四辺《あたり》をこめてゐるのに気がつく。渓の響である。」とあり、牧水はやはり諸条件に左右され特に身体が温まることによって、その耳が起動しあれこれとこころが揺れ始める。

湯原温泉藤屋では時雨に降り込められ、「恐ろしい風」が「渓の響を吹き消して荒んで」おりそのまま二泊して十一月十六日、牧水は「この街道の行きとまりになつてゐる湯桧曽」へと歩み出す。途中、「空が急に晴れて来た。」「風もぴたりと凪いだ。そして身ぶるひの出る様な新鮮な明るい日光が一時に眼前に落ちて来た。」のような場面に直面した牧水は、「この輝かしい日光などはまつたく私を酒に酔つた者の如くにしてしまつた。何といふ事なくたゞ涙ぐましく、時には泣く様な声で独り言を言ひながら歩いた。」という心の揺れを催している。さらに続けて「殊に段々細く嶮しくなつて行く渓の流は次第に私の心を清浄にし、孤独にし、寂しいものにしてしまつた。」とある。こうした状況での牧水の「独り言」などを具体的に断定することは難しいが、やはり思い返されるのは牧水が若かりし頃、第一歌集『海の聲』に収載した名歌「幾山河越えさり行かば寂しさの終てなむ国ぞ今日も旅ゆく」である。島内景二『作歌文法・上・助動詞篇』（短歌研究社　二〇〇二年　一〇四〜一〇七頁）によれば、当該歌にある「終てなむ」の「む」の語法に注目し、「陰りを帯びた牧水の心が表現可能となった。」として、「この世界のどこにも、人間の生きる寂寥感を解消してくれるようなユートピアがあるなんてことは、調べたこともないし、確認もしていない。もしも、そういう国があるのならば、どんなにか良いことだろう。」という解釈を施している。さらに「『源氏物語』的な文体に婉曲の『む』は多い。短歌では、「女歌」の一つの文体であるかもしれない。『男歌』は、動詞だけで世界を単純化して歌うものだろう。若山牧水は、男性ではあるが、かつての西行などと共に、『王朝女流文学』の精神を受け継いだ貴重な男性歌人だったたのではないか。」と評を添える。あくまで牧水の「独り言」を恣意的に推測するならば、こうした島内の読みに適う「寂しさの終てなむ国」などと牧水は呟き、そのような「国」の可能性を渓のおくなる「湯桧曽」に見ていたのかもしれない。「独り言」の声は、時に自らの感情を内発的に方向付けてしまうことがある。『静かなる旅をゆきつつ』が出版された翌大正十一年出版の『短歌作法』において牧水は次のように書いている、「音読せよといふのは自分の声そのものが自然に自身に感興を呼ぶものであるからである。」（第十三「歌を作らうとする時及び出来た後」より）。短歌という抒情の結晶が、「独り言」となり特に「音読」され自らの声として反芻され、牧水の耳から再び心に帰還したとき、「寂しさの終てなむ国」といった婉曲表現が、むしろ「寂しさ」を誘発したのではないだろうか。これはまさに、『源氏物語』によめる「（ものの）

あはれ」の精神作用と同質といえるのではないだろうか。

「湯桧曽」の宿場に到達した牧水は、その寂しさに「異様な感にうたれながらおど〳〵と歩いてゆくと」、「福田屋」という宿に「案内を乞う」が其処の「小娘」に断られて「郵便局に行つたら泊めて呉れるだらう。」と言われる。一時はその通りに足を運ぶが、「郵便局の老人」にも「今は到底駄目だ」と再び断られ、「福田屋」に舞い戻ったりと右往左往して、ようやく「福田屋」の湯に浸ることができた。「漸く全身の温るのを待つて二階へ帰つた。その間に炬燵の用意が出来てゐた。何といふ事なく心細いおもひをしながらそれに入つて当つてゐると、今更らしく渓川の音が耳につく。」とその折の状況が記されているが、やはり温泉と炬燵という温もりの条件が重なることで、この場面でも牧水の耳が起動している。前掲『短歌作法』にも、「散歩と読書が最もよいやうである。入浴もわるくない。」(「読書」とは、文脈上古歌などを「音読」すること。中村注)とあり、「歌を作らうとする時」の条件が整いつつある。さらには「其処へ待ち兼ねた酒を持つて来た。嘸ひどいものだらうと唇に持つて行くと案外にさうでもない。もつとも、此方の唇が痺れてゐたのかも知れない。」と宿の「小娘」の運んできた酒の味わいが記されている。こうして「温もり三条件」が揃い本来の牧水ならば落ち着いた気持ちになるはずであるが、「然し、先刻《さつき》からの心細さは少しも去らない。何といふ事なく炬燵の上に置いて眺めてゐる時計の針の進むと共にその心細さも加わつて行く心地である。ちび〳〵と酒をなめながら、私は地図をひらいて見た。」と時の過ぎゆく哀切とともに自らが置かれている場所を俯瞰し心は落ち着くこともない。

牧水の文章はこの葛藤を「が、斯うして落ち着いて見ると静かどころか余りに淋しい。天井も壁も襖も深い煤で、手足をさし入れてゐる炬燵の蒲団は垢で光つてゐる。人声ひとつせぬこの二階であの激しい渓を聞きながらどうして今夜を明かさう。さう思ふとランプの灯ひとつを見詰めてぼんやり坐つてゐる自分の姿が目に見えて来る様だ。」と自らを客観視して描写する。この旅の発端となる際の前掲記述では、「静かな所」を求めて「渓」の「響」に「可懐しさ」を感じることを求めていたのではないのか。だが、あらためて旅の当初の文章に帰れば、「心の底の痛むやうな可懐《なつか》しさを感ずる」と記されている。「湯桧曽」での記述にも、「斯うした寂寥を恋ひ求めてこそ出て来た今度の旅ではないか。」と牧水自身も、旅の契機を思い返している。だがしかし牧水は、「あの激しい渓」に「可懐《なつか》しさ」を通り越した痛切さを感得してしまう。逡巡のあげくに牧水は、「愈々最後の一杯を飲み乾すと共に私は勇気を出してこの宿場を立つことを決心した。」と腰を上げる。「何とも言へぬ淋しさと安心とが今更の様に心に湧くのを感じながら、また一生恐らくこの宿の事を忘れえないだらうなどとひそかに思ひながら。」と心に刻み短時間の「湯桧曽」滞在を終える。

三、湯桧曽から谷川へ (1)「日の光きこゆ」

時刻は「午後三時」、牧水は再び歩き始める。「湯原へ引返すのは嫌だ、此処から僅か二三里らしいから谷川温泉まで越えて見よう、」と目的地を定め直した。以下、その途次の経緯を示した『静かなる旅をゆきつつ』の該当部分を引用する。

午後三時、空は難有《ありがた》くなほ先刻《さつき》のまゝに晴れてゐた。急ぐにつれて酒の酔も次第に現れて来た。見返れば清水越にはいつのまにか午後の光が宿つて積み渡した雪の上にほのかな薄紫が漂うて居る。それに連つたずつと奥、藤原郷の方の山々にはまともにいま日が射すと見え、嶺《みね》という嶺がみな白銀色に鋭く光つて見えてをる。一里あまりをばいま来た路を引返すのである。広く且つ深いその渓間に照り淀んで居る日光はいよ〳〵濃くいよ〳〵浄く、ただ渓の響のみがその間に澄み切つて醸《かも》し出されてゐる。折々何やらの鳥が啼く。行き逢ふ人もない。自づとまた三四首の歌が出来て来る。

日論はわがゆくかたの冬山の山あひにかかり光をぞ投ぐ
日輪のひかりまぶしみ眼を伏せて行けども光るその山の端《は》に
澄みとほる冬の日ざしの光あまねくわれのこころも光れとぞ射す
わが行くは山の峡《かひ》なるひとつ路冬日ひかりて氷りたる路

然し、路傍の枯草に寝ころんだり、渓に降りて淵に遊ぶ魚を眺めたり、手帳に歌を書きつけたりしてゐる間に、暮れ速い冬の日脚はいつとなく黄昏《たそがれ》近くなつて来た。そしてひとつの峠にかゝつた頃は其処等はもうとつぷりと暮れて、唯だ遠い高山の嶺にのみ儚ない夕陽の影が残つてゐた。坂は険しくはないが、なか〳〵に長かつた。漸く峠らしい所に着くと、思ひもかけぬ高い嶮しい山がその正面にそゝり立つて、嶺近く崩るゝ如くに雪が積もつてをる。その大きな山に続いて同じく切りそいだ様な岩山が押し連り、斑らではあるが雪が崩れてをる。山は全く落葉しつくして、此処等にはもう黄葉の影もない。炭を焼くらしい煙が細く山腹の夕闇に立つて居る。その麓に今まで沿うて来たとは異つた渓が流れて、その渓ばたに家は見えないが温泉場らしい湯気の凍つた様に立ち上つて居るのが見ゆる。いかにも寂しい眺めである。またしても湧いて来る心細さをこらへながら、その湯気を目当てに寒い山を降りて行つた。

牧水研究の第一人者・伊藤一彦が、諸評論や随所で語る牧水の根源的なあり方を示す語が「あくがれ」である。周知のように「あくがれ」は、古語由来で「あく＝在処」「かれ＝離れ」と語分析でき、「いま在る処から離れゆく」という意味である。牧水は当初、この旅に出立を思い立った折には、『東方時論』の八月号に三上知治氏のかいた『利根の奥へ』といふ旅行スケッチ」に触発されて、東京を「あくがれ」たはずである。その「旅行スケッチ」に記されていた「ずっと水上の越後境に在る湯桧曽といふ小さな温泉場」という記述に心惹かれたであろうことは、牧水の筆致から容易に想像ができる。だがしかし、いざ「湯桧曽」に至ってみると本章で辿って来たように、数時間の滞在で再び「あくがれ」の境地に至る。牧水をこのような急展開の行動に至らしめた一因は、「寂しさ」である。宿屋の個別的な状況にも滞在する気持ちを起こさせなかった諸条件があったのは確かだろうが、牧水が「おく」＝「最終目的地」と定める「湯桧曽」に宿泊滞在しなかったことは、この旅の最大の疑問でもある。

前掲の牧水の紀行文に記された一連の短歌は、いささかの推敲が加えられて第十三歌集『くろ土』に所載されている。再び伊藤一彦によれば、この『くろ土』という歌集は、収録歌数の分量の多さなどにおいて「きわだった特色をもつ一冊」と評する。（『若山牧水　その親和力を読む』「その親和性」――『くろ土』の世界」短歌研究社二〇一五年）その特色の一つとして、「自然と人間との親和的な関係、人間と人間の親和的な関係を『くろ土』は表現している。」と指摘する。伊藤がこの結論に至るまでに批評した牧水の歌にも、「耳で聞く」ことを素材源として作歌されたものが多い。「二十代の牧水はやはり自然に対っていた。第六歌集『みなかみ』の時期をピークにして、その傾向は弱まっていき、『くろ土』の世界が生まれてくる。」とされて、自然との「親和性」において牧水の短歌の変質を歌集『くろ土』には、読むことができるわけである。本章で問題としている「湯桧曽リターン」という牧水の奇異ともいえる行動の謎を解く鍵は、どうやら「親和性」にありそうだ。

こうした前提で『くろ土』の歌と前掲紀行の記述を照らし合わせつつ、牧水の「親和性」の具体相を探ってみよう。「急ぐにつれて酒の酔も次第に現れて来た。」という牧水の眼を捉えたのは、「午後の光」自然の根源たる「日光」である。『くろ土』所収「湯原より利根の渓に沿うて湯桧曽に遡り更に転じて谷川温泉に到る。」の詞書を持つ歌群より、紀行文の記述に照らし合わせながら歌を読んでみよう。

山窪の此処の広原《ひろはら》に秋日照り下手《しもて》の峡《かひ》に橋かかる見ゆ
かはしもの峡間《はざま》の橋に秋日さしあきらかなれやいま人渡る
ながめゐてこころかなしも山あひの冬木《ふゆき》がくれの長吊橋を

前の二首は「秋日」に照らされて「橋」が見えるという情景だが、いずれも「峡」にかかる「橋」にスポットを当てる「日」の存在感が表現されている。「上流」から「下手」「かはしも」を見つめる牧水の眼には、自然と人事を繋ぎかつ境となる「橋」の存在が気になったのだろう。「あきらかなれやいま人渡る」はもちろん実景かもしれないが、渓の構造的な思想性を象徴する表現としても読めるのではないか。この「橋」を見つめる牧水が、「湯桧曽」への往路なのか復路なのかは、詞書や紀行の文章からにわかに判断できない。だが「上流」から「下手」を見ようとする状況は、やはり復路で既に「湯桧曽」を後にした状況を詠んだものと思われてくる。三首目「山あひの冬木がくれの長吊橋を」には、『古今和歌集』所収の「わが恋はみ山がくれの草なれや繁さまされど知る人のなき」(五六〇・小野美材)にあるような心細さを読み取ることができないか。上句「ながめゐてこころかなしも」の「かなし」は、ある意味で牧水の真骨頂ともいえようが、山の峡という地形的な閉鎖性を解消するための「長吊橋」に、人との親和性を無理矢理に人工的な装置で繋ぎ止める「かなし」を牧水は感じとったのではないか。「湯桧曽」という「在処（あく）」が「峡」の断絶された上流（「おく」）であり、決して「寂しさの終てなむ国」ではない思想的な位置関係が読めると思う。

まろやかに落葉《おちば》しはてし山の根の杉の林に樫鳥《かしどり》の啼く
日射明《ひざしあか》き落葉林《おちばばやし》にゆきあひし杣人《そま》こゑひくくものいひて過ぎぬ

もちろん眼のみならずこの歌群でも牧水の耳は起動し、「樫鳥」や「杣人」の「声」を素材としてよまれた二首がある。その「声」が「落葉しはてし」に静けさに沈む寂しさを、「日射明き落葉林」という濃淡を背景に「こゑひくくものいひて」響くことが「湯桧曽」の牧水の寂寥感を伝える表現となる。

行き行くと冬日《ふゆひ》の原にたちとまり耳をすませば日の光きこゆ
日輪《にちりん》はわが行くかたの冬山の山あひにかかり光をぞ投ぐ
日輪のひかりまぶしみ眼をふせてゆけども光るその山の端《は》に
澄みとほる冬の日ざしの光あまねくわれのこころも光れとぞ射す

前掲の紀行にも記された歌（一部改稿）であるが、ここの一首目「行き行くと」のみは紀行には記されていない。だが、紀行の記述と照らし合わせるとこの歌こそが本章の趣旨において大変重要であるように思う。一般的な人であれば「日の光」は眼で見るものだが、この歌では「耳をすませば日の光きこゆ」と下句に表現されている。五句目「日の光きこゆ」と字余りにしているあたりが、韻律を大切にする牧水の敢えてという思いっきりのように思う。紀行の記述の「広く且つ深いその渓間に照り淀んで居る日光はいよ〳〵濃くいよ〳〵浄く、ただ渓の響のみがその間に澄み切つて醸し出されてゐる」に注目したい。「渓間」の「日光」の「濃く」「浄く」という光景に、「澄み切つて醸し出されてゐる」のは、まさに「渓の響のみ」というのが牧水の五感の作用なのである。上句で「行き行くと冬日の原にたちとまり」という牧水自身の身体と「日光」「渓の響」がまさに親和的な時空の中で「冬日の原」で融合しているのだ。牧水の眼と耳は決して峻別されるのではなく、自然と繋がる媒介として溶け合って自然の光景という素材を狩り取り、自然に溶け合う声となって短歌として表現される。そこに頭のみで考えたことを言葉に移植するのではない、牧水短歌の身体性の作用を見ることができるのではないか。「日の光きこゆ」の表現にこそ、牧水の自然との親和性の真髄を読めると考えたい。

四、湯桧曽から谷川へ (2)「鳥よなほ啼け」

山窪《やまくぼ》の冬のひかりのなかにしてかすけく啼ける何の鳥ぞも
ちちいぴいぴいとわれの真うへに来て啼ける落葉《おちば》が枝の鳥よなほ啼け
枯れし葉とおもへる鳥のちちちと枯枝《かれえだ》わたり高き音をあぐ
あたりみな光りひそまる冬山の落葉木《おちばぎ》がくれこの小鳥啼く
木の根にうづくまるわれを石かとも見て怖《お》ぢざらむこの小鳥啼く
見てをりて涙ぞ落つる枯枝《かれえだ》の其処に此処にし啼きうつる鳥を
手にとらばわが手にをりて啼きもせむそこの小鳥を手にも取らうよ
啼きすます小鳥は一羽あたりの木ひかりしづまり小鳥は一羽
峯かけてかきけぶらへる落葉木の森ははてなし一羽あそぶ鳥

牧水が湯桧曽から谷川へ向かう途次で供としたのは「日の光」のみではない。紀行に「折々何やらの鳥が啼く。行き逢ふ人もない。」と記されていることから、「何やらの鳥」たちの啼き声に耳をすます。歌集『くろ土』の歌群にある前掲九首が、鳥の声を意識して描写した歌である。一首目、すっかり「山窪の冬のひかり」となった場面で、牧水の耳は「かすけく啼ける何の鳥ぞも」へと向けられる。前述してきた「日の光」の変化によって、湯原温泉あたりまでは「黄葉」などを紀行文に記述し「秋」と認識されていたものが、「湯桧曽」を経て季節は明らかに「冬」と認識される。四首目にも「あたりみな光りひそまる冬山の」という変化を捉えている。そこでも「落葉木がくれこの小鳥啼く」と「落葉」と「小鳥」の親和性を感じさせるが、三首目にも「枯れし葉とおもへる鳥の」と「枯れし葉」と「鳥」の同化を歌に詠む。また「鳥」を「枯れし葉」とする一方で、「木の根にうづくまるわれを石かとも見て」と「鳥」の側から牧水自身のことを「石かとも見て怖ぢざらむ」とする視点の歌もある。これらの歌では「鳥」＝「自然」の象徴のように捉えているが、「鳥」は単純な「供（友）」とすべき存在というばかりではない。まさに「鳥」そのものが牧水自身であると解釈すべきと思われる。七首目「手にとらばわが手にをりて啼きもせむそこの小鳥を手にも取らうよ」は、まさに「鳥」との親和性を極めたいという心情が結句の口語表現からも読み取れる。八首目では、「啼きすます小鳥は一羽」「ひかりしづまり小鳥は一羽」と「一羽」を二度も一首の中で使用し強調しているが、これはまさに「小鳥一羽」と「牧水一羽」が親和した一首と読むべきではないだろうか。同じく九首目も「一羽あそぶ鳥」というのは、紀行文の「然し、路傍の枯草に寝ころんだり、渓に降りて淵に遊ぶ魚を眺めたり、」している牧水そのものである。その際だった表現が、六首目「見てをりて涙ぞ落つる」という牧水の心情の吐露にある。前項で述べた湯原温泉から湯桧曽へ向かう途次、「何といふ事なくたゞ涙ぐましく、時には泣く様な声で独り言を言ひながら歩いた。」という牧水の姿と重なる。「枯枝の其処に此処にし啼きうつる鳥を」には、「其処」＝「湯桧曽」・「此処」＝「谷川温泉」とするならば、「独り言」を「啼く」ように呟きつつ移りゆく牧水の姿そのものである。この途次で「折々何やらの鳥が啼く」ことは、まさに牧水が自然そのものとなるべく親和性があることを、紀行に記された行動と歌表現から子細に読み取れる例ではないか。

さらに牧水の耳は「鳥」の声を擬音で捉え、二首目「ちちいぴいぴいと」と短歌の形式に載せようとする。文字通り読めば初句八音字余りの韻律であるが、「ちちいぴい」と「ぴい」を共有し「ぴいぴいと」に二分割されるオノマトペが、一瞬読む者の錯綜を起こさせ「ちちいぴい」「ぴいぴいと」という五音の二重奏による初句五音の複層化を生じさせていないだろうか。三首目の「ちちちちと枯枝わたり高き音をあぐ」もまた、「ち」という文字の四つもの連なりが、短歌の文字上の韻律を超えた「声＝音」として読者の脳裏に響き始める。鳥の啼く声という自然からのメッセージを、牧水はその耳で受け止めて短歌の韻律と折衝させる。自然の中を孤独に歩くという身体活動が、牧水の歌の韻律を刻み、また「自然の声」を「人の声＝短歌（ことば）」に変換していく。牧水短歌の朗誦性・愛誦性と親和性は、個別に構築されているのではなく、相互関連をもって作用し合った結果ではないかと思う。

五、牧水の耳と『古今和歌集』の宇宙

ここまで、牧水の紀行『静かなる旅をゆきつつ』と第十三歌集『くろ土』を対照させながら、牧水が作歌の現場でいかにその耳を起動して素材を獲得していたかを述べてきた。同時にその身体性を活かした作歌のあり方そのものが、牧水短歌の韻律性・朗誦性や自然との親和性と分けが

たく連動・連携していることを評してきた。現代の短歌がややもすると、文字上の脳内操作のみで「運動不足」に詠出されることを自戒をこめて思うに、牧水の身体性と自然との親和性から学ぶことは多い。眼で情景を聞き、耳で自然を同一視する。牧水没後九十年（二〇一八年・平成三十年）に至るまでの時代・時間は、極端な交通網の整備と通信網の過剰な利便性の追求に躍起になり、こうした身体性を伴った感性を我々から喪失させたのかもしれない。

島内景二が「若山牧水の近代」（『梁』九四号　二〇一八年四月）で「若山牧水は、自分の外なる『宇宙の声』と、自分の内なる『心の声』を共鳴・共振させることを、強く願った。」とした上で、「『宇宙の声』と『心の声』の融合は、伝統的な『古典和歌』と近代的な『牧水短歌』との交響という現象とも照応している。『万葉集』や『古今和歌集』以来、古人たちも、和歌の創作を通して、宇宙の声を聞いてきた。」といった趣旨で起筆される長編評論は誠に示唆的である。本章で評してきた牧水の作歌の現場には、まさにこうした「共鳴・共振」を具体的に看て取ることができた。

『古今和歌集』には、初の勅撰和歌集として「やまとことばの宇宙の声」が集積された。例えば季節の巡航という「宇宙観」を、平安朝文士は次のように耳で聞き取った。

秋立つ日よめる　　　　藤原敏行朝臣

秋来ぬと目にはさやかに見えねども風の音にぞおどろかれぬる

著名な巻第四・秋歌上の巻頭歌であるが、「秋」という季節の到来は、「目」ではなく「風の音」によって察知されるのだと詠われる。これに照応するかのような巻第五・秋歌下の巻軸から二首目の歌。

長月の晦日の日、大堰にてよめる　　つらゆき

夕月夜をぐらの山に鳴く鹿の声のうちにや秋は暮るらむ

この歌でも、鹿の鳴く声にひそみつつ「秋」という季節は暮れていくわけである。近現代においては、人間が捉え難くなったと思われる季節の推移を、平安朝文士は耳で聞き分けている。「四季」のみならず「恋」部の巻頭（巻第十一・恋歌一）にはやはり著名な次の和歌が見える。

題しらず　　よみ人しらず

郭公《ほととぎす》鳴くや五月のあやめぐさあやめも知らぬ恋もするかな

この歌は「郭公鳴くや」という鳥の声を初句に置き「あやめぐさ」までを序詞とし、「あやめも知らぬ（恋の道理もわからないほどに理性を失う）恋もするかな（恋をしていることだ。）」と表現する

和歌である。「郭公」の鳴き声とともに、「あやめぐさあやめも」という同音の繰り返しが修辞上機能することで、憂鬱で官能的な濃密な初夏の気分という自然と人事の親和性の境目を可視化させる和歌ともいえるだろう。序詞とはいえやはりこの和歌の気分を醸し出す起点となるのは、「郭公鳴くや」という鳥の声である。このように自然と人事との親和性を構築する要諦は、やはり古来から耳（聴覚）と声（音）なのではないだろうか。

六、むすび「眼を開くな、眼を瞑ぢよ。」

牧水が「みなかみ」の渓を目指した旅では、常に谷川の響きが耳に届いていた。他の情景や音との交響によって、その音は多様に変化して牧水の耳に捉えられた。渓の響きは時に牧水の寂しさを増幅させ、目的地としていた「湯桧曽」での宿泊滞在を拒否する事態にも至った。だが午後三時から夕暮れまでの限られた時間で、谷川温泉へと強行して向かった牧水の耳は再び活発に起動して、自らの身体が自然そのものとなるべく自らの置かれている宇宙に埋没した。その中から紡ぎ出されたのが、『くろ土』所収の親和力のある短歌だった。『静かなる旅をゆきつつ』では、その「序に代へて」において「利根の奥へ」の一節を掲げている。その牧水の紀行への思いをもって本章を瞑《と》ぢたい。

とにかくに自分はいま旅に出てゐる
何処へでもいい、とにかくに行け。
眼を開くな、眼を瞑ぢよ。
さうして、
思う存分、
静かに静かにその心を遊ばせよ。
斯う思ひつづけてゐると、
汽車は誠に心地よくわが身体を揺つて
眠れ、眠れ、といふがごとく、
静かに静かに走つてゆく

第三章

明治四十三年の邂逅——牧水と啄木の交流と断章と

一、解けぬひとつの不可思議の

とこしへに解けぬひとつの不可思議の生きてうごくと自らをおもふ
一人《いちにん》のわがたらちねの母にさへおのがこゝろの解けずなりぬる
死に隣る恋のきはみのかなしみの一すぢみちを歩み来しかな
あめつちにわが残し行くあしあとのひとつづゝとぞ歌を寂びしむ

（『独り歌へる』より）

牧水・第二歌集『独り歌へる』(註1)自序冒頭には、「人生は旅である」とした上で「私の歌はその時々の私の命の砕片である。」とある。そして「その間の一歩々々の歩み」は「一度往いては再びかへらない」とも記されている。先に挙げた四首の歌は、同歌集から選んだものであるが、こうした自序の観念を歌として表現したものといえるであろう。「生きて動く」ことの不可思議さ、唯一の母にまでも「こゝろ解けずなりぬる」こと、「死に隣る恋」を「一すぢ」に「歩み来し」こと、「わが残し行くあしあと」としての「歌を寂びしむ」といった歌は、まさに自己の「命」の「砕片」を歌とすべく生きている牧水の思いが伝わってくる。

だが、自序をひき続き読んでいくと「私は私の境遇その他からいつ知らず二重或は三重の性格を添へて持つやうになつて来た、その中には真の我とは全然矛盾し反対した種類のものがある」として、そのことへの「苦痛」とともに、「真の我」に帰っている時が「愈々少なくなつて来た」ともある。そして「稀しくも我に帰つてしめやかに打解けて何等憚る所なく我と逢ひ我と語る時は、実に誠心こめて歌を詠んで居る時のみである、その時に於て私は天地の間に僅かに我が影を発見する。」としている。これはまさに「自我」の意識を如何様にか定めようとする牧水の意識の表出であるが、恋に悩み自らの「生」への視線から発する「かなしみ」「寂しさ」の耐え難さの吐露といってもよいだろう。また続けて、自らは「芸術と云ふものを知らない」として「私は原野にあそぶ百姓の子の様に、山林に棲む鳥獣のやうに、全くの理屈無しに私の歌を咏み出で度い。」とも述べた上で、「自己そのものを直ちに我が詩歌なりと信じて私は咏んで居る」「自己即詩歌、私の信念はこれ以外に無い。」として、自己の純朴な「内的生活の記録」だと主張する。ゆえに「その時その時に過ぎ去つた私の命の砕片の共同墓地である。」と自序は結ばれている。「真の我」とは何か、牧水の自己凝視は公私ともどもにおける様々な他者との邂逅によって新たな展開を見せ始めていたといってよいのではないか。「真の我とは全然矛盾した反対した種類のもの」を見ることこそ、「自己」への凝視へ向かうのは自明であろう。ここで明治八年に西洋と日本の文明を論じた啓蒙書・福沢諭吉『文明論之概略』(註2)の一部を引用しておきたい。

人ノ心ノ働ハ千緒万端朝ハ夕ニ異ナリ夜ハ昼ニ同シカラズ今日ノ君子ハ明日ノ小人ト為ル可シ今年ノ敵ハ明年ノ朋友ト為ル可シ其機変愈出レバ愈奇ナリ幻ノ如ク魔ノ如ク思議シ可ラズ他人ノ心ヲ忖度ス可カラザルハ固ヨリ論ヲ俟タズ夫婦親子ノ間ト雖モ互ニ其心機ノ変ヲ測ル可ラズ啻ニ夫婦親子ノミナラズ自己ノ心ヲ以テ自カラヨク其心ノ変化ヲ制スルニ足ラズ。所謂今吾ハ古吾ニ非ズトハ即是レナリ。

(巻二第四章より)

ここでは、「人の心の働きは種々雑多な事柄で成り立っている」ことを前提に、「他人の心を推し量る(忖度する)ことができないのはもとより論じるまでもない」とし「夫婦親子の間でもその心の働きを測ることはできず」それは「自己の心でもって自らの心の変化を制御することはできない」と述べている。まさに近代的「自我」論の原点が述べられており、明治時代の文学を考える上でも見据えておきたい内容であると思われる。本章では、こうした「自己凝視」や「自我」を視点として牧水の歌を読みつつ、「他者」としての石川啄木がどのような存在であり、牧水の歌の意味や調べにどのような変化をもたらしたかを考えてみたい。同時に牧水・啄木の相互の短歌が、実に平明な言葉で調べのよいものとして存在し得た時代状況において、その交流と断章という視点から考えてみたいと思う。

二、ながめつつ君の死にゆきにけり

牧水は啄木の臨終に接しその思いを四首の歌にしている。

四月十三日午前九時、石川啄木君死す。
初夏の曇りの底に桜咲き居《を》りおとろへはてて君死ににけり
午前九時やや晴れそむるはつ夏のくもれる朝に眼を瞑《と》ぢてけり
君が娘《こ》は庭のかたへの八重桜散りしを拾ひうつつとも無し
病みそめて今年も春はさくら咲きながめつつ君の死にゆきにけり
（『死か芸術か』より）

歌の背景としての「くもれる朝」に「桜」の取り合わせが、「おとろへはてて」「眼を瞑ぢてけり」「死にゆきにけり」と響き合い、啄木の死に接した心の動揺が読み取れる。また、臨終に際し庭にいる啄木の娘を探しに行った牧水がその様子を「散りしを拾ひうつつとも無し」と描写しているのも、「桜」の散りゆくことと啄木の生命の終焉が重ねられるようで、平明な表現にして効果的な四首連作と読むことができる。

この啄木臨終に牧水が接したことについては、随想「石川啄木君と僕」(註3)に詳らかに記されているのは周知のことである。その衝撃は「医者、電報打ち、区役所、警察署、葬儀社などへ独りで駈け廻ってゐると、ほか〳〵と照る日光に直射せられて僕は度々眼がくらみかけた。先刻床を移す時につく〴〵と見た人間らしくもない迄に衰弱した人の姿が陽炎のやうに其処此処にちらついてあるのを見た。」と記している。牧水の脳裏には「人間らしくもない迄に衰弱した人の姿」として啄木の姿が焼き付いており、当該随想の最後に次のような文章で心情を吐露している。

死んだ人のことを思ふのは、いま生きてゐる自身に対し、常に深い冷笑であり、暗示である。けれども僕は矢張りさう思つてゐる、死んではつまらないと。そして、石川君を常に気の毒に思つてゐる。

この二年前に第二歌集『独り歌へる』で「命の砕片」を「歌」だと位置づけた牧水は、その後に出版した第三歌集『別離』が好評を博し注目され、第四歌集『路上』の出版を経て、啄木の亡くなった明治四十五年四月を迎えている。「命」を見つめるということは、「死」を見つめることでもあり、本章冒頭に掲げた歌にも「死に隣る恋」と詠んでいるものも見える。また牧水自らが編集する詩歌雑誌『創作』の発刊も、この明治四十三年である。この明治四十三年から四十五年にかけての牧水は、歌壇に注目された歌集の出版と雑誌の発刊編集と随行するように、啄木との邂逅から死別までを体験した期間である。

ここで当時の牧水が、啄木の歌をどのように読んでいたかについて考えてみたい。既に先学により様々に論じられている点もあるが、「石川啄木君の歌」(註4)とする牧水の文章からその点を探ってみたいと思う。まず、文章冒頭には次の三首の啄木歌が挙げられている。

新しき明日の来るを信ずといふ
自分の言葉に
嘘はなけれど――

高きより飛びおりるごとき心もて
この一生を
終るすべなきか

そんならば生命が欲しくないのかと
医者に言はれて
だまりし心！

文章は「今まではまた事新しく深い意味において、石川啄木君の歌が私の心に沁みるやうになつた。」と書き出され、「啄木歌集一巻を貫いてゐるものは、消そうとして消し難い火のやうな執着である。同時に無限の絶望である。」という主張から始まる。これは、「意識して、また無意識のうちに、常に自己をのみ見詰めてゐた人である。」として、「自己をのみ念頭に置いてゐた彼は、常に現在に安住することの出来ぬ人であつた。」という啄木の「自己への執着」への批判である。だがその一方で「もと〳〵根底のある、内容豊かな人から、殆んど無意識なほどに自然に溢れ出た歌に、却つて生のまゝのその人まるうつしの真実が、内容が含まれてゐたことは当然のことだと思ふ。」として、「われを忘れて溜息をつくやうな、独り言でも言ふやうな場合の作に、実にいいものがあるのである。」とも評している。こうした論旨の延長から啄木の歌を「他念なくひたすらに自分をめぐみ愛しむ歌」と「持つて行きどころのない絶望をのべた歌である。」と二分類し、この後者にこそ「私の最も強みを感ずる」と評価しているのである。先に掲げた文章冒頭の三首の歌もまた、牧水が「絶望をのべた歌」と分類するものである。特にこうした歌を

「希くばこの種の歌をば静かに繰り返し〳〵口のうちで誦してほしい。歌の惨しいたましひがその人の心の裡に必ず甦るであらう。」とも述べて、「絶望の歌」の享受姿勢にも言及している。いわばこうした啄木の歌を、「自分の心をじいつと眺めてゐる冷たい傍観者の歌」であり「自己批評の歌」であるとするのである。

同文章中で牧水が啄木の歌の「もう一つの彼の特長」として挙げるのは、「ものに眼をつけるについての鋭敏さ」である。その叙述部分をここに引用しておこう。

平凡な中から、唯だ一つ何かを捉へて、生々とそれを一首の裡に生かしてゐる。描写や叙景に於て、いかにも印象の鮮かな、一首が直ちに絵になり、短篇小説になるやうなのが沢山ある。尚ほ、たいしてい丶歌とは言はれぬまでも味のある物言ひぶりのしてあることもその一つであらう。

ここでは、「平凡」な中に取材して、「唯一つ」の限定された情報を捉えて「一首の裡に生かし」ており、「絵」や「短篇小説」になるような「印象の鮮か」さを特長としていると評価している。こうした啄木の特長については、「このごろは一般によくこの調子を真似るやうである。一寸素人ずきのする、やり易い型だからであらうが、やりそこなふと実に薄つぺらなものになる。」と、「平凡」に限定した歌作りの危うさも指摘している。

こうして牧水は啄木の歌をある面で評価しつつ、「異見がないわけではない。」として、「くだらぬ歌が多いであらう。」といった放言も辞さないで評しているあたりに、むしろ愛情をもって啄木の歌を受け容れていたとも読み取れよう。「自己への執着」のない「われを忘れて溜息をつくやうな、独り言でも言ふやうな場合」の「平凡」な作、このような点に牧水は「印象の鮮か」さを読み取っていたということに、まずは注目しておきたい。

三、自然主義と牧水・啄木の調べ

近代短歌史において明治四十三年（一九一〇）が大きな意味を持つことは、既に多くの指摘が為されているが、時系列で歌集の発行を辿るだけでも、一月に牧水『独り歌へる』、三月に薫園『覚めたる歌』・夕暮『収穫』・鉄幹『相聞』、四月に牧水『別離』、哀果『NAKIWARAI』、九月に勇『酒ほがひ』、そして十二月に啄木『一握の砂』と蒼々たる顔ぶれが並ぶことになる。太田登（註5）によれば、「この現象は明治四十年代の文壇に興隆する西欧近代思潮や自然主義文学による反映であると考えられるが、これを高揚させたのはこの年の三月に創刊された『創作』の存在にほかならない。」と指摘している。続けて太田は、「とくに牧水の編集になる第一期（明治四十三年三月〜明治四十四年十月）には、牧水、夕暮、啄木、哀果、空穂、白秋、水穂らの新鋭歌人の代表作のほかに、創刊号の『所謂スバル派の歌を評す』をはじめとする近代短歌の本質をめぐる重要な論議が少なからず掲載された。」とした上で、十月号の柴舟「短歌滅亡私論」と翌十一月号の啄木「一利己主義者と友人との対話」を、「画期的な歌論（文学論）として看過できない」としている。

尾上柴舟の「短歌滅亡私論」に関しては、篠弘（註6）によって詳細に論じられているが、結論として「近代短歌は滅亡論ではじまったといってもいいだろう。」との指摘に従うならば、柴舟と啄木の論争などを契機として、その双方と関連のあった牧水の歌に対する考え方は近代短歌史にとっても看過できない重要性があるともいえよう。その議論は様々な視点を関連させ展開する必要があろうが、本章では短歌という形式と調べの問題に焦点を絞り筆を進めたい。まずは、柴舟「短歌滅亡私論」（註7）の「形式」に言及した段落を引用する。

私の議論は、また短歌の形式が、今日の吾人を十分に写し出だす力があるものであるかを疑ふのに続く。三十一音の連続した形式に、吾々は畢生の力を託するのを、何だか、まだろつこしい事のやうに思ふ。ことに、五音の句と、七音の句と重畳せしめてゆくのは、日本語が、おのづから五音七音といふ傾を有つた当時ならば、自然に出来る方式であつたであらうが、これを脱した、自由な語を用ゐる吾々には、これに従ふべくあまりに苦痛である。更にこの五音七音を二重にして、更に七音を加へた一形式に於いてをやである。この形式が自分らの情調と一致したやうに考へるのは、畢竟、自分らに捉はれた処があるからである。世はいよ〳〵散文的に走つて行く。韻文時代は、すでに過去の一夢と過ぎ去つた。時代に伴ふべき人は、とく覚むべきではあるまいか。

ここでは「自由な語を用ゐる吾々」は、「ことに、五音の句と、七音の句と重畳せしめてゆく」ことが「苦痛」であるとして、「日本語が、おのづから五音七音といふ傾を有つた当時」を過去のものであるとしている。さらに「この五音七音を二重にして、更に七音を加へた一形式に於いてをやである。」として、「三十一音の連続した形式」とは言いつつも、五七調を基本とする調べが「自分たちの情調と一致したやうに考へるのは、畢竟、自分らに捉はれた処があるからである。」として形式への拘泥について指摘をする。「韻文時代」は「過去の一夢」であり、「世はいよ〳〵散文的に走つて行く。」としているのである。この内容から考えたいのは、五音と七音を「重畳」する形式と明治の日本語との関係である。この指摘はあくまで「重畳」するから「自由な語」と合わないというわけであり、五音・七音と各句の字音数に「自由な語」は合わなくなって来たと言っているわけではないのである。またこれは当時の短歌を考えたとき、その調べが「五七調」に拘泥していたことを確認する資料として読むこともできよう。

これに反駁するかたちで、『創作』翌十一月号に掲載された啄木の対話形式により表現された「一利己主義者と友人との対話」の後半部分を引用する。

B　君はそうすっと歌は永久に滅びないと云ふのか。

A　おれは永久といふ言葉は嫌ひだ。

B　永久でなくても可い。兎に角まだまだ歌は長生《ながいき》すると思ふのか。

A　長生はする。昔から人生五十といふが、それでも八十位まで生きる人は沢山ある。それと同じ程度の長生はする。しかし死ぬ。

B　何日になったら八十になるだろう。

A　日本の国語が統一される時さ。

B　もう大分統一されかかつてゐるぜ。小説はみんな時代語になつた。小学校の教科書と詩も半分はなつて来た。新聞にだつて三分の一は時代語で書いてある。先を越してローマ字を使ふ人さへある。

A　それだけ混乱してゐたら沢山ぢやないか。

B　ふむ。そうすつとまだまだか。

A　まだまだ。日本は今三分の一まで来たところだよ。何もかも三分の一だ。所謂古い言葉と今の口語と比べて見ても解る。正確に違つて来たのは、「なり」「なりけり」と「だ」「である」だけだ。それもまだまだ文章の上では併用されてゐる。音文字《おんもじ》が採用されて、それで現すに不便な言葉がみんな淘汰される時が来なくちゃ歌は死なない。

B　気長い事を言ふなあ。君は元来性急《せっかち》な男だつたがなあ。

A　あまり性急だつたお蔭で気長になつたのだ。
B　悟つたね。
A　絶望したのだ。

まずこの引用部分では、「国語の統一」が未だ「三分の一まで来たところ」だとして、歌の消長と「時代語」との関連について語っている。『国史大辞典』(註8)に拠れば「三十六、七年の文部省編纂発行の国定尋常小学読本は多くの口語文教材を採用した。」として、「さらに三十九年の『破戒』(島崎藤村)以後盛んになった自然主義文学の流行によって、その人生の真実を描く態度から日常語による言文一致体が絶対となり四十一年に小説上の文章は百パーセント口語体になった。」とされており、「一利己主義者と友人との対話」の内容と合致する。まずは明治四十三年が「言文一致」の上で、このような状況下にあったことを確認しておきたい。次第に時代を席巻してきた「口語体」の存在に対して、引用文の認識は「音文字が採用されて、それで現すに不便な言葉がみんな淘汰される時が来なくちや歌は死なない。」と対話に記されている。

B　しかし兎に角今の我我の言葉が五とか七とかいふ調子を失つてるのは事実ぢやないか。
A　「いかにさびしき夜なるぞや。」「なんてさびしい晩だろう。」どっちも七五調ぢやないか。
B　それは極めて稀な例だ。

Ａ　昔の人は五七調や七五調でばかり物を言つてゐたと思ふのか。莫迦。
Ｂ　これでも賢いぜ。
Ａ　とはいふものの、五と七がだんだん乱れて来てるのは事実だね。五が六に延び、七が八に延びてゐる。そんならそれで歌にも字あまりを使へば済むことだ。自分が今迄勝手に古い言葉を使つて来てゐて、今になって不便だもないぢやないか。成るべく現代の言葉に近い言葉を使つて、それで三十一字に纏りかねたら字あまりにするさ。それで出来なけれあ言葉や形が古いんでなくつて頭が古いんだ。
Ｂ　それもさうだね。
Ａ　のみならず、五も七も更に二とか三とか四とかにまだまだ分解することが出来る。歌の調子はまだまだ複雑になり得る余地がある。昔は何日《いつ》の間にか五七五、七七と二行に書くことになつてゐたのを、明治になつてから一本に書くことになった。今度はあれを壊すんだね。歌には一首一首 各《おのおの》 異つた調子がある筈だから、一首一首別なわけ方で何行かに書くことにするんだね。

ここでは五七調への否定的見解への反駁が記されているが、「なるべく現代の言葉に近い言葉を使つて」その上で「字あまり」にすればよいと語られている。「それで出来なけれあ言葉や形が古いんでなくって頭が古いんだ。」と「言葉」や「形式」の問題ではなく、作歌上の「頭が古い」ことを批判的に指摘する。そして注目すべきは「五も七も更に二とか三とか四とかにまだまだ分解することが出来る。歌の調子はまだまだ複雑になり得る余地がある。」とその調べの新たな展開があることを示唆している点である。「二行」や「一本」で書かれてきた短歌の「書式」を「壊す」ことを提唱し、「歌には一首一首各異つた調子がある筈だから、一首一首別なわけ方で何行かに書くことにするんだね。」と複数行書きの可能性に言及している。この思考をそのまま啄木が実行していたことは、周知のとおりである。

B　さうすると歌の前途はなかなか多望なことになるなあ。

A　人は歌の形は小さくて不便だといふが、おれは小さいから却つて便利だと思つてゐる。さうぢやないか。人は誰でも、その時が過ぎてしまへば間もなく忘れるやうな、乃至は長く忘れずにゐるにしても、それを言ひ出すには余り接穂《つぎほ》がなくてとうとう一生言ひ出さずにしまふといふやうな、内からか外からかの数限りなき感じを、後から後からと常に経験してゐる。多くの人はそれを軽蔑してゐる。軽蔑しないまでも殆ど無関心にエスケープしてゐる。しかしいのちを愛する者はそれを軽蔑することが出来ない。

B　待てよ。ああさうか。一分は六十秒なりの論法だね。

A　さうさ。一生に二度とは帰つて来ないいのちの一秒だ。おれはその一秒がいとしい。たゞ逃がしてやりたくない。それを現すには、形が小さくて、手間暇のいらない歌が一番便利なのだ。実際便利だからね。歌といふ詩形を持つてるといふことは、我々日本人の少ししか持たない幸福のうちの一つだよ。(間)おれはいのちを愛するから歌を作る。おれ自身が何よりも可愛いから歌を作る。(間)しかしその歌も滅亡する。理窟からでなく内部から滅亡する。しかしそれはまだまだ早く滅亡すれば可いと思ふがまだまだ。(間)日本はまだ三分の一だ。

B　いのちを愛するつてのは可いね。君は君のいのちを愛して歌を作り、おれはおれのいのちを愛してうまい物を食つてあるく。似たね。

A　(間)おれはしかし、本当のところはおれに歌なんか作らせたくない。

B　どういふ意味だ。君はやつぱり歌人だよ。歌人だつて可いぢやないか。しつかりやるさ。

A　おれはおれに歌を作らせるよりも、もつと深くおれを愛してゐる。

B　解らんな。

A　解らんかな。(間)しかしこれは言葉でいふと極くつまらんことになる。

B　歌のやうな小さいものに全生命を託することが出来ないといふのか。

A　おれは初めから歌に全生命を託さうと思つたことなんかない。(間)何にだつて全生命を託することが出来るもんか。(間)おれはおれを愛してはゐるが、其のおれ自身だつてあまり信用してはゐない。

B　(やや突然に)おい、飯食ひに行かんか。(間、独語するやうに)おれも腹のへつた時はそんな気持のすることがあるなあ。

対話は最後に「歌の前途が多望」だとして、その形が「小さいから却て便利だと思つてゐる。」と語る。「一生に二度とは帰つて来ないいのちの一秒」を「いとしく」も「逃がしたくない」として、「それを現すには、形が小さくて、手間暇のいらない歌が一番便利なのだ。」としている。まさに「おれはいのちを愛するから歌を作る。おれ自身が何よりも可愛いから歌を作る。」として命と自我と生活そのものを愛するがゆえに歌をよむのだとするのである。ここに言文一致や歌の形式の問題と自然主義の影響が接点を持ち、未来志向の新しい歌をよんでいこうとする「利己主義者」の姿と、現実の歌人としての啄木像が重なってくるのである。

それでは、自らが編集する『創作』に掲載されたこうした啄木の短歌観を、牧水はどのように受け止めていたのであろうか。啄木の死から一年あまり経過した大正二年七月に、「石川啄木君の『悲しき玩具』」(註9)を記している。そこで牧水は、「彼が死んで行つた直ぐあとであるせゐか、物を思はせらるることの強いのは『一握の砂』よりこの『悲しき玩具』である。歌に触れて直ちにどうといふことはないが、その歌をじつと見てゐると、ざらざらに乾いた言葉や文句の背後に打消すことの出来ぬ恐しいやうな物影が動いて来る。」として『悲しき玩具』から次のような歌をはじめとして十三首を引いている。

茶まで断ちて、
わが平復を祈りたまふ
母の今日また何か怒れる。

やまひ癒えず、
死なず、
日毎に心のみ険しくなれる七八月かな。

ひさしぶりに、
ふと声を出して笑ひて見ぬ――
蝿の両手を揉むが可笑しさに。

引用歌の後には、「大上段に振りかぶらぬところに却つて意地のわるい鋭さがある……、人生が……、現代人が……、芸術がと云はぬ裏に却つて深いそれらの閃きがある。」としている。ここでは、啄木があくまで等身大の「日常」を歌にしていることを評価し、「人生」「現代人」「芸術」など流行の観念に対峙しないところを「意地のわるい鋭さ」と微妙な評を下しているところにも注意をしておきたい。

この文章と同時期の牧水の歌は、大正一年九月・第五歌集『死か芸術か』及び大正二年八月・第六歌集『みなかみ』に収載されている。篠弘（註10）に拠れば、『死か芸術か』に収載された啄木の死を悼む歌前後から牧水の作品が一変し、「内面の暗部をみつめたものの急増」や「破調の歌」が目立ってくると指摘されている。さらには『みなかみ』に到ると、「いっそう破調の歌が増えてくる。なおかつ、そのうえ啄木のような口語歌の発想が見られるようになる。」と指摘している。もちろん篠も「牧水が父の病気のために帰郷し、その没後も実家にとどまっていた、はなはだ特異な環境における作品である。」との指摘も忘れていない。ここでは『みなかみ』収載の「黒薔薇」から、こうした特徴が顕著な歌を何首か引用しておきたい。

飽くなき自己虐待者に続ぎ来たる、朝、朝のいかに悲しき
傲慢なる河瀬の音よ、呼吸《いき》はげしき燈のまへのわれよ、血のごとき薔薇よ
言葉に信実あれ、わがいのちの沈黙《ちんもく》より滴《した》り落つる短きことばに
そうだ、あんまり自分のことばかり考へてゐた、四辺《あたり》は洞《ほらあな》のやうに暗い
自分のこころを、ほんとうに自分のものにするために、たびたび来て机に坐るけれど
冷い、冷いと心《しん》からふるへて炉《ろ》のそばに寄つてゆく、朝のわが身をいとしいと思ふ

（『みなかみ』「黒薔薇」より）

さて、こうした牧水の「破調」への試行の評判はどうであったのだろうか。再び篠弘（註11）に拠れば、「歌壇からは不評」で「ほとんどが否定的」であったとされている。そして、不評の代表的な見解として北原白秋の「従来の歌に如かず、さりとて新らしき詩に及ばず、而も自由にして完美せる小曲断章の類より窮屈にして、潤沢遂に及ばず。ただ韻律なき散文の一小片に過ぎざる傾きあり」（「破調私見」『創作』大正二年九月）を挙げている。そんな中で「外部から一人賛成していた」のが、窪田空穂であると篠は指摘する。韻律の問題にも言及した評であるので、ここでも空穂の評を再録しておこう。

若山牧水氏の破調の歌には、多くの優れたものがあつた。ともすれば滑《なめら》かさに過ぎると思はれた氏の日常の癖は、此所では適当に保たれて、氏の主観にぴつたり即《つ》いてゐるやうに思はれる。若し此れらの歌を、三十一音の、五七五七七といふ排列に排列し直さうとしたならば、其れは氏に取つては極めてたやすい事であらうが、さうすれば、此れらの歌の持つてゐる力強さと、其処から湧く魅力の大部を失ふであらうと思はれた。

（『文章世界』大正二年三月　窪田空穂「旋頭歌の試作を勧む」）

だがしかし、『みなかみ』に次ぐ第七歌集『秋風の歌』以後において牧水は、破調を試行し続けることはなかった。この点に関しては、牧水の歌に対する考え方を精緻に読み解いていく必要があるように思われるので今後の課題とし、本章では「破調」に到った過程を確認しておくに留めておきたい。ただ前掲の空穂評に「ともすれば滑らか過ぎると思はれた氏の日常の癖」や「若し此れらの歌を、三十一音の、五七五七七といふ排列に排列し直さうとしたならば、其れ氏に取つては極めてたやすい事であらうが」とあるのは、やはり牧水の歌に五七五七七形式でこそ発揮される魅力があったことを逆照射した見方であるとも考えられる。それゆえに牧水の作歌活動の中における「変革期」の具体的表出として、「破調」の歌を捉えておくのが穏当ではないかと思うのである。

その「変革」を時代に即した具体相で示すならば、やはり篠弘が(註12)示しているように「(一)生活性の導入　(二)リアリズムの提唱　(三)形式の変革」の三点であり、「滅亡論以前のそれに比較すれば、より思想的であり、現実批判的であり、内部世界の深化へとむかった。」ということになるのだろう。その結論部分で篠は、柴舟門下の牧水が「滅亡論議をくりかえしたみずからの『創作』誌上で、牧水はその結論を出すような調子で『歌は矢張り歌である』と主張して、『僅か一年や二年の間で興亡を云々せらるのは短歌のために可哀想である』と述べている。」と指摘している。さらに篠は牧水に言及し「同じ自然主義の影響にしても牧水には割り切りがある。歌が万能であるとする『過信』を避けている。」として、さらに「短歌は『生きて居る自己の生命をそのまま表は』すものとして、むしろ倫理的に生のゆくえをさぐるものとして限定している。抒情性にたいする認識がきわめて鮮明である。」と牧水と滅亡論との関係について見解を示している。

ここで思い出されるのが、本章項目一で指摘した牧水第二歌集『独り歌へる』の自序に記された「私の歌はその時々の私の命の砕片である。」の一節である。同自序には、「私は原野にあそぶ百姓の子の様に、山林に棲む鳥獣のやうに、全くの理屈無しに私の歌を咏み出で度い。」や「自己即詩歌、私の信念はこれ以外に無い。」という短歌観が述べられていた。となれば牧水が自然主義の影響を受け「思想的」「現実批判的」「内部世界の深化」などに傾く「変革」そのものが、牧水をむしろ「自然」から引き剥がしたといってよいのではないだろうか。混沌とした論議の渦中で、啄木との邂逅から死に到るまでを経験した牧水が、最終的には「自己即詩歌」という信念にさらなる確信を得たという物言いもできるのかもしれない。

四、漢文脈・言文一致と牧水・啄木

最後に「明治四十三年」が時代の大局としてどのように位置づけられるかを、明治の文体・語彙の面からいささかの視点を補強しておきたい。例えば、本章項目一に挙げた福沢諭吉の『文明論之概略』は明治八年刊行であるが、その表現は漢文訓読体である。項目二に引用した啄木の「一利己主義者と友人との対話」にも示されていた通り、明治四十三年時点で小説は「時代語」になったと言文一致の進行が確認できる。周知のように漱石の小説執筆の出発は遅く明治三十八年の『吾輩は猫である』で、明治四十三年には前期三部作の『門』が発表されている。こうした漱石の小説執筆を「新たな文脈と格闘する漱石」と評したのは、中国文学者の齋藤希史（註13）である。「漱石がごく若い頃から漢詩文に親しんで」おり、「漱石という作家にとって不可欠の要素」となっていることは既に定論であるとした上で、「英国留学からいわゆる修善寺の大患直前まで、つまり小説家としての活動を開始した時期――同時に自然主義台頭の時期――に漢詩の制作を行っていない」ことを指摘している。また鷗外と比較しつつ漱石の小説執筆活動を次のように位置づけている。

つまり、鷗外が一貫して漢文脈の中にあったとすれば、漱石はそこから出発しながらも、いったんそこから離れ、しかし漢文脈の外部に立つ根拠としての写実主義や自然主義にも馴染めないまま、かといってまた漢文脈の中に舞い戻ることもできず、新たな文脈を作ろうと格闘しているように見えるのです。たとえばそれを、西洋に対抗する原理としての東洋、と見なすことも可能かもしれません。（同書・二一二頁）

齋藤の「漢文脈」という語の前提（註14）は、「日本の近代は、漢詩文的なるものから離脱することによって、もしくはそれを否定することによって、あるいはそれと格闘することによって成立したのだ、そして現代の私たちもその延長に生きている」ということで、または「日本の近代は、漢文脈を断片化して消費することで成立した」としている。こうした前提の典型的な例が、新聞における「訓読文」の採用と「新漢語」の大量出現であるとするのである。啄木の「一利己主義者と友人との対話」にも「新聞にだって三分の一は時代語で書いてある。」とあるが、これは明治初頭から新聞というメディアの文体が「訓読文」を採用して来た反動的な表現と読むこともできよう。となれば「訓読文」と「言文一致体」そしてさらに「口語性」ある表現への接近という明治四十三年時点での言語表現が、混沌とした状況であったことも考慮すべきではあるまいか。漱石の「新たな文脈との格闘」と同様に、牧水は「新たな和歌表現（調べ）との格闘」の渦中を経験したことになろう。こうした時代と格闘した牧水が得たものは、まさに「命の砕片」という原点回帰ではなかったたか。啄木との交流があってこそ自己との差異を痛感し、共感しつつも断章があったといえるのではあるまいか。牧水のそれは、「自己」という「自然」の中に和語の調べが内在しており、「口語性」という「思想」を当て嵌めるまでもなく、身体性から湧き上がる「命即言葉」こそが自己の短歌表現であると自覚できたのではあるまいか。啄木との邂逅は牧水にとって「時代」との出逢いでもあり、近代短歌史の中に牧水が定位される〝あかとき〟の如き「明治四十三年」なのではないかと思うのである。

（註1）牧水の短歌に関してはすべて『若山牧水全集』（一九九三年増進会出版社）に拠る。
（註2）慶応義塾大学図書館蔵・当館電子公開資料より引用
（註3）『若山牧水全集補巻』（一九九三年増進会出版社）所収　（大正元年）

（註4）『若山牧水全集第三巻』（一九九三年増進会出版社）所収（大正二年十二月六日）
（註5）太田登『日本近代短歌史の構築』（二〇〇六年八木書店）序章 十一頁～十二頁
（註6）篠弘『近代短歌論争史　明治大正編』（一九七六年角川書店）一章
（註7）『創作』明治四十三年十月
（註8）『国史大辞典』（吉川弘文館）見出項目「言文一致」より
（註9）『若山牧水全集第六巻』（一九九三年増進会出版社）所収『和歌講話』（大正六年）
（註10）篠弘『自然主義と近代短歌』（一九八五年明治書院）「若山牧水の破調歌」二九〇頁～二九六頁
（註11）篠弘（註10）前掲書「若山牧水の破調歌」二九五頁
（註12）篠弘（註6）前掲書　一章「尾上柴舟をめぐる短歌滅亡論」四六頁「滅亡論の結末」
（註13）齋藤希史『漢文脈と近代日本』（二〇〇七年ＮＨＫブックス）終章　二一一頁～二一二頁
（註14）齋藤希史（註13）前掲書　終章「言文一致体の特徴」二〇六頁～二〇七頁

第四章

牧水短歌の「姿（さま）」と和漢の共鳴
――「木の葉のすがたわが文にあれよ」

一、「ちひさきは小さきままに」

ちひさきは小さきままに伸びて張れる木《こ》の葉のすがたわが文にあれよ

二〇一八年は牧水没後九十年という節目の年であるが、没後十年である昭和十三年九月十三日に、改造社から出版された歌集が『黒松』である。第十四歌集『山桜の歌』を大正十二年・牧水三十九歳の折に出版し、それから没するまでの昭和三年に至るまで牧水晩年の短歌をまとめ、喜志子夫人が跋文を付して出版した歌集である。同歌集大正十三年の項に所載の「樹木とその葉」という歌群に冒頭のような歌が見える。「わが文」に求めるものとして「伸びて張れる木の葉の姿」を理想とし、「ちひさきは小さきままに」というからには、「短歌の文体」のことを想起させる歌である。同歌群には「散文集『樹木とその葉』を編輯しつつそぞろに詠み出でたる」という詞書が付されており、同散文集を併せて読みつつこれらの歌を解釈すべきであろう。本章ではこの歌を起点として、牧水自身が考えていた「わが文」の「すがた」について検討しつつ、明治という近代の中で牧水がいかに短歌の「姿（さま）」（＝文体）と格闘したかについて考察することで、牧水短歌の近代的意義について評していきたいと思う。

まずは歌の配列にも考慮する必要があることから、同歌群をここに示す。

書くとなく書きてたまりし文章を一冊にする時し到りぬ
おほくこれたのまれて書きし文章にほのかに己が心動きをる
真心のこもらぬにあらず金に代ふる見えぬにあらずわが文章に
幼く且つ拙しとおもふわが文《ぶん》を読み選みつつ捨てられぬかも
自《し》がこころ寂び古びなばこのごときをさなき文はまた書かざらむ
書きながら肱《ひぢ》をちぢめしわがすがたわが文章になしといはなくに
ちひさきは小さきままに伸びて張れる木《こ》の葉のすがたわが文にあれよ
おのづから湧き出づる水の姿ならず木々の雫にかわが文章は
山にあらず海にあらずただ谷の石のあひをゆく水かわが文章は

書きおきしは書かざりしにまさる一冊にまとめおくおかざるにまさるべからむ

歌の配列から見れば、一首目「書くとなく」二首目「おほくこれ」三首目「真心の」の計三首に関しては、「散文集『樹木とその葉』」を編集するに際しての思いが述べられていると読める。しかしその中でも二首目は、多くが依頼されて書いた「文章」にも「ほのかに己が心動きをる」と自己の抒情を垣間見ており、三首目でも「真心のこもらぬものにあらず」と「金に代ふる」ことに拘泥しつつも、「真心」の重要性を表出している。また五首目でも「自がこころ寂び古びなば」と、自らの「こころ」が「もし寂び古びてしまったならば」という仮定により、「こころ」が「文」の起点になっていると云っている。さらに六・七・八首目は、いずれも「文（文章）」の「姿（さま）」を詠んでおり、牧水自身の「姿＝文体」についての考え方を読み取ることができる。

周知のように「やまとうた」は『古今和歌集』仮名序に記されるように、古代から「人のこころを種」とする抒情詩であることを前提とし、「姿（さま）＝体」を大変重要とするものである。牧水が晩年の模索の中で「心」「姿」に言及していることは、まさに「やまとうた」の長大な歴史上に自らの歌を立たせようとする営為として解釈してみたい。こうした視点を踏まえつつ、牧水における文体との格闘を複眼的に批評していきたい。

二、「怪しい嗚咽の声」

大正十四年・牧水四十一歳の折、随筆集『樹木とその葉』を出版した。内容については牧水自身が跋に示しているように「大正十年の春から同十三年の秋までに書いた随筆を輯めてこの一冊を編んだ。並べた順序は不同である。」とある。執筆動機に関しても「何々の題に就き、何日までに、何枚位ゐ書いてほしいといふ注文を受けて書いたものばかりである。」とあり、自発的な動機で書いていないことが知られる。そして後に出版された歌集『黒松』所載の前項で示した短歌十首を、この随筆集の「序歌」に据えているのである。個々の歌に対して随筆内容との対照的検討も必要であるが、本章では特に「歌の姿」に注目し、随筆集の次の部分と短歌の内容との照応を考えていきたい。

それ以前、『死か芸術か』といふ歌集に収められた頃から私の歌は一種の変移期に入りつつあつたのであるが、一度国に帰つてさうした異常な四周の裡に置かる〻様になると、坂から落つる石の様な加速度で新しい傾向に走つて行つた。中に詠み入れる内容も変つて来たが、第一自分自身の調子どころか二千年来の常道として通つて来た五七五七七の調子をも押し破つて歌ひ出したのであつた。何の気なしに、原稿紙を拡げて、順々にたゞ写しとらうとすると、その異様な歌が、いつぱいノートに満ちてゐたのである。実は、郷里を離れると同時に、時間こそは僅かであつたが、やれ〳〵と云つた気持ですつかり其処のこと歌のことを忘れてしまつてゐたのであつた。そしていま全く別な要求からノートを開いて見て、其処に盛られた詩歌の異様な姿にわれながら肝をつぶしたのである。

（中略　＊『みなかみ』所収の破調歌の列挙）

驚愕はいつか恐怖に変つた。何だか恐しくて、とても平気でそんな歌を清書してゆく勇気がなくなつてしまつた。と云つて、心の底にはさうして作つてゐた当時の或る自信が矢張り何処にか根を張つてゐた。そしてその自信は書かせようとする、故のない恐怖は書かせまいとする、その縺《もつ》れが甚しく私の心を弱らせた。二日三日とノートと睨み合ひをしてゐるうちに終《つひ》に私は食事の量が減り始めた。気をまぎらすためにM―君から借りて読んだ万葉集の、読み馴れた歌から歌を一首二首と音読しようとして声が咽喉につかへて出ず、強ひて読みあげようとするとそれは怪しい嗚咽《をえつ》の声となつた。万葉の歌を真実形に出して手を合せて拝んだのはこの時だけであつた。

（「島三題　その一」より）

牧水は自らの短歌創作を振り返り、第五歌集『死か芸術か』あたりから歌の「変移期に入りつつあつた」とし、父の危篤の報せによる帰郷を「異常な四周の裡に置かる﹅様になると」と捉え、その後「坂から落つる石の様な加速度で新しい傾向に走つて行つた。」と記している。そして「内容」も変わってきたが、「第一自分自身の調子どころか二千年来の常道として通つて来た五七五七七の調子をも押し破つて歌ひ出したのであつた。」とその「調子」(＝「韻律」)を「押し破つて」いることを注視している。「五七五七七」というやまとうたの形式を「二千年来の常道」として、「自分自身の調子」の前提として捉えていると読めるのである。こうした自身の所謂「破調歌」の書かれた「ノート」を見ていた牧水は、「其処に盛られた詩歌の異様な姿にわれながら肝をつぶしたのである。」と驚き、さらには「驚愕はいつか恐怖に変つた。」として、「二日三日とノートと睨み合ひをしてゐるうちに終に私は食事の量が減り始めた。」と身体的な不調を来してきたことが述べられている。そんな折に「気をまぎらすため」に友人から借りた「万葉集の読み馴れた歌」を「音読」しようとすると、「声が咽喉につかへて出ず、強ひて読みあげようとするとそれは怪しい嗚咽の声となつた。」というように、普段では考えられない心身の変調が起きていることがわかる。

この随筆から読み取れることは、牧水が歌作において「自分自身の調子」とともに「二千年来の常道」(五七五七七)を明らかに重要視していることである。そして「自分自身」と「二千年来」を繋ぐ媒介として、「万葉集の音読」という方法を日常的に行っていたことがわかる。その「万葉集」をこの折だけ「手を合せて拝んだのはこの時だけであつた。」と崇拝させたのは、自らの「破調歌」の「姿」に起因しており、短歌の「調子」が牧水の身体(註1)とかけ離れることのできない重要な要素となっていると見ることができよう。短歌は「心を種」として一首という「言の葉」となるという『古今集』仮名序以来の「やまとうた」の「常道」についても先述したが、その抒情性はかけ離れ難く「調子」＝「姿」＝「韻律」と密接な関係を持っていると考えねばなるまい。牧水は同随筆に次のようなことも述べている。

私の曽つて詠んだ一首に、

わがこころ澄みゆく時に詠む歌か詠みゆくほどに澄めるこころか

といふのがある。

まつたく歌に詠み入つてゐる瞬間は、普通の信者たちが神仏の前に合掌礼拝してゐる時と同じな、或はそれより以上であらうと思ふ法悦を感じてゐるのである。

（「歌と宗教」より）

「歌に詠み入つてゐる瞬間」において、「神仏の前に合掌礼拝してゐる時と同じ」ような「法悦を感じてゐる」のだと云う。「わがこころ澄みゆく」ことと、「詠みゆくほどに澄めるこころ」、いわば歌を詠むことの「法悦」が「こころ」と連動して「澄める」境地に到るというわけである。その神仏崇拝のような歌作態度において、まるで祝詞や経典を声に出して読み上げるごとくに、「自分自身の調子」と「万葉集」の調子を身体的に響き合わせるような作用があったのではないかと思えてくるのである。牧水の身体性として「やまとうた」の「常道」が、その根幹に強く張り巡らされているということを考えたい。

三、破調歌「恐怖」の要素

それでは、前項で牧水の随筆に示された「異様な姿」の破調歌について考えてみよう。随筆引用部分の（中略）に記された中からその例を挙げると次のような歌がある。

納戸の隅に折から一挺の大鎌ありなんぢが意志をまぐるなといふが如くに
感覚も思索も一度切れてはまたつなぐべからず繋ぐべくもあらず
言葉に信実あれわがいのちの沈黙よりしたたり落つる言葉に
傲慢なる河瀬の音よ呼吸《いき》烈しき灯《ひ》の前のわれよ血の如き薔薇よ
薔薇に見入るひとみいのちの痛きに触るる瞳冬の日の午後の憂鬱
余り身近に薔薇のあるに驚きぬ机にしがみつきて読書してゐしが
精力を浪費する勿れはぐくめよと涙して思ふ夜の浪に濡れし窓辺に

この「樹木とその葉」に示された牧水が「恐怖」まで感じ得た自作歌は、第六歌集『みなかみ』所収のもので、歌集の題からすると「黒薔薇」と「海及び船室」に載る歌である。『みなかみ』における前後の題を見ると「故郷」と「父の死後」があり、牧水が父の危篤の報を受けて東郷村坪谷に帰郷した折のことを材とする歌であることがわかる。この折の前後に牧水はその生涯の作歌活動において唯一とも言える「破調歌」を創作している。その特徴や代表歌に関しては、既に伊藤一彦(註2)によって詳細に評されている。本章では表現としての「破調歌」の「姿」について焦点化して検討を進めたい。

牧水の短歌の特質に関して、特に古典和歌との関係を論じた伊藤一彦の論文(註3)がある。その指摘は「和語による短歌の調べを重視したと言える。」という使用語彙面とともに、「牧水自身のなかの古代性が『万葉集』をきっかけに目を覚まし五七調の韻律に花開いた」という韻律上の二点である。一点目の指摘で、和語の使用を選択するということそのものが「調べ」の重視になるということは、「和語は耳で聞いてよく分かる」という点に意識があることにもなる。牧水の歌の朗誦性に関しては、序章(註4)でも既に時代背景の上での指摘をしているが、やはり「声の文化」の特徴をもった牧水の作歌態度ということができる。また二点目の指摘である「五七調」に関しては、「重厚荘重な感じを与え」るもので、「七五調」の「軽快優美な感じを与える」とは対照的な韻律ということができる。この韻律に関しては特に中世和歌に到る歌作の「姿」とともに、『百人一首』カルタにおける札の読み上げなどによる影響が大きくなるとともに、明治以降の新体詩における「七五調」を主とする詩歌の韻律の問題とも関連してくるようにも思われる。

このような牧水の歌の全般にわたる特徴から考えると、本章で問題とする「破調歌」の特徴が大きく異なることは明らかである。だがなぜ「恐怖」を感じるほどのものとして、牧水が自らの

「破調歌」を嫌悪したかについて、先の二点に関連させ更に深く掘り下げてみたい。

「和語による短歌の調べを重視」する牧水歌からすると、「破調歌」では漢語の使用率が高くなっている。先に挙げた歌でみても「納戸」「一挺」「大鎌」「意志」「感覚」「思索」「信実」「沈黙」「傲慢」「鬱憂」「読書」「精力」「浪費」など一首に一語は漢語が含まれており、この漢語によって一首の調べが硬化しているとも言えそうである。しかも漢語は観念を表現する語彙であることも多く、実感を具体的に調べに載せて詠う牧水の歌からすると観念的・思索的と言わざるを得ない。

先に挙げた漢語について『明治のことば辞典』(註5)にて検索すると、「意志」「感覚」「沈黙」「鬱憂」などの語彙が掲載されている。当該辞書における「明治のことば」の選択範囲は、「一、明治時代に新しく誕生した語」「二、明治時代になって意味の変化した語」「三、明治時代に二つ以上の漢字表記や語形(読み方)のある語」「四、明治時代の世相を反映する語」として、「見出し語一三四一語は時代を読み解く鍵であり、新時代を反映する明治文化語ということができる。」という趣旨が「まえがき」に記されている。文明開化が進められた明治において、西洋文化の摂取・受容にあたり多くの翻訳語が新たに作り出されたことは周知のことであるが、その多くが「新漢語」と呼ばれるものであり、その特徴と利便性が時代に適合していたということになろう。「新漢語の大量出現」について齋藤希史(註6)は「訓読文がメディアの文章として広く用いられた」ことに注目し、「漢語の大量使用は、情報を集約して示すことを可能」にするものとして「狭い紙面を効率的に使うことができる」ことで「メディアに適合的な文体」になり普及が早かったのだと指摘する。また、「字音読みが多い訓読を基礎にしている」ことで、「漢字仮名交り文で書くときも、漢語をそのまま大量に使う」ことになるとし、メディアや公的書類において「訓読文」による「定型化された言い回し」の上で「新漢語」が多量に配置される必然性があった時代相を指摘している。

こうした明治の言語的な環境を考えたとき、牧水の「破調歌」における「漢語」使用の多さというのも必然の流れと言えるのかもしれない。「漢語」の使用のみならず先の歌を例に述べるならば、「如し」「べからず」「べくもあらず」といった言い回しが「訓読文」由来であると考えることもできる。また「明治ことば」とされている「新漢語」に限らなくとも、牧水のそれまでの歌では使用されなかった「漢語」の使用が次の例のように類型的に顕著である。

○「悲哀」

窓に倚れば**悲哀**は朝のごとく明るく、鳥に似てわが命の影もさすなり
天地創造の日の**悲哀**と苦痛とけふわが胸に新たなり、海にうかべる鳥だにもなし
わが孤独の**悲哀**にひそかに触るるごとく、冬の夜の薔薇にうちむかひ居り

○「孤独」

薔薇を愛するはげに**孤独**を愛するなりきわが悲しみを愛するなりき

窓よ暗かれ、わが悲しき**孤独**の日に、机のばらのさむきくれなゐ

○「鬱憂（憂鬱）」

わが煙草の煙《けむ》のゆくとき、夕陽の部屋薔薇はかなしき**鬱憂**となる

ランプの灯は石油のやうな**憂鬱**で、窓の夜と私とにそそぐ

風も凪ぎゆふべとなれば有明の海はあぶらの如し、**憂鬱**

まずは、こうした「漢語」の使用により一首の中で「字音読み」をする語彙が作用して、歌の「調べ」に大きな違和感を覚えたことが、牧水の「恐怖」の一因といえるのではないだろうか。ただ、「字音読み」のみが「調べ」を破壊する要因だとも言い切れない。伊藤一彦（註7）による牧水の「和語と漢語」における指摘では、次のような歌に注目をした指摘も見られる。

見よ秋の日のもと木草ひそまりていま凋落《てうらく》の黄を浴びむとす

帆柱ぞ寂然《じやくねん》としてそらをさす風死せし白昼《ひる》の海の青さよ　（『別離』より）

「凋落」や「寂然」という漢語について、「いずれも文字の面から、言語の響きの面から、この語を強めて、一首のなかでキーワードになっている。これらの語以外はすべてが和語なので、より強い印象を与えられる。」とした上で、「牧水は和語をベースにしながら、必要に応じて漢語を

使い、工夫ある使い分けをおこなっていると言える。」とその特徴を指摘している。
このような歌語の使用に関して、例えば佐佐木信綱に著名な次のような短歌がある。

大門のいしずゑ苔にうづもれて七堂伽藍たゞ秋の風　（『思草』）
春ここに生るる朝の日をうけて山河草木みな光あり　（『山と水と』）

いずれも第四句目に漢語四字句を入れ込んだ短歌であるが、「しちどうがらん」「さんかそうもく」というように七音で読むことができる漢語ゆえ、一首の「調べ」の上での違和感は少ない。むしろ、一首目の場合は「いしずゑ」などの語と響き合い「漢語」の「字音読み」が有効に配されている印象を受ける。二首目は一首が和語の語彙選択で構成されていることで、「山河草木」という「(漢語)字音読み」に照準が当てられるような効果がある。いずれにしても「五七五七七形式」のうちに、七音による「字音読み」のできる漢語を配することで、短歌の韻律を破壊することなくむしろ有効に機能した例として考えてよいだろう。ところが、二字の漢語となるとこの例とは違い、「字音」のみでは一句を構成することもできず、助詞などを伴って短歌の中に配することになる。換言すれば「漢語」の「標語的」な使用とも言える信綱の例歌に対して、文体として「漢語」を配する「訓読文」の要素が歌の中に入り込む余地が生まれることになる。牧水の本来の短歌であれば、「悲哀」＝「かなし」、「孤独」＝「ひとり」、「憂鬱」＝「うなだれて」などの和語を使用するであろうことは、『みなかみ』以前の歌集を見れば明らかである。また「五七調」を基調とする牧水の歌に対して、破調歌では先行する句の字音が多くなる（七五調を基盤とする破調）という傾向も散見される。そこには「五七調」にあらがうかのような、近代詩歌における「七五調」の波が押し寄せていることを思わざるを得ない。次項ではこの点について考察を進めていくことにする。

四、啄木「手間暇のいらない歌が一番便利なのだ」

牧水が同年代の啄木との交流から相互に大きな影響を及ぼし、それぞれに独自な境地を確立したことについては既に第三章（註8）でも述べたところである。本章の始発とした晩年の牧水の短歌観「ちひさきは小さきままに」に関連させて啄木の遺したものを鑑みると、やはり著名な次の一節が思い起こされる。

一生に二度とは帰つて来ないいのちの一秒だ。おのれはその一秒がいとしい。ただ逃してやりたくない。それを現すには、形が小さくて、手間暇のいらない歌が一番便利なのだ。実際便利だからね。歌という詩形を持つているといふことは、我々日本人の少ししか持たない幸福のうちの一つだよ。（石川啄木『一利己主義者と友人との対話』傍線・中村）

文体との格闘という意味でいえば、まさに啄木のそれは牧水に比べて、多様で幅広い荒野を彷徨ったような印象を受ける。夭逝という運命を悟るかのように、この一節では「おのれはその一秒がいとしい。」と僅かな時間を深く惜しむ態度が窺える。それを「逃してやりたくない。」ゆえに「手間暇のいらない歌が一番便利なのだ。」と言ううちに「歌という詩形」を位置づけている。「歌が一番便利」とする理由が、「手間暇がいらない」とするこの対話の主張は、「手間暇がいる」詩形が前提としてあるということになろう。この問題を考える契機として、大岡信（註9）の次の批評（傍線・中村）に注目したい。

わずか数年のうちに、啄木は『あこがれ』の世界をみずから否認し、同時代の詩人たちが住んでいる高踏的な修辞の世界を侮蔑するところにまで歩み出てしまった。しかしその時、彼の詩は低俗凡庸な世界へと瓦解したわけではなかった。逆に、詩の日本語をいち早く革新し、技巧を一層ダイナミックな形で駆使するという仕方で、『あこがれ』時代にわがものとした言語操作力をさらに強度なものにしたのである。『あこがれ』当時の修辞の習練は、単なる修辞の世界を彼が否定した時、逆説的だが一層重要性を増して彼の詩作を支え、自由奔放さを約束したのだった。そのもう一つの大きな成果が、彼の短歌にあったことは言うまでもない。

『あこがれ』とは明治三十八年刊行の啄木存命中唯一の詩集である。文語定型詩七十七篇(四四四三三調・四四三三調・五六六調・四三四五調)を収め、新体詩発生以後二十余年間に試みられてきた律調上のさまざまな試みを作品としたものである。再び大岡の評(註10)によれば「私は啄木が先輩新体詩人たちの作品から学びとった詞藻と修辞法を、どれほどの集中力と痩我慢と野心と夢想によって全面的に展開していったか、その持続のエネルギーのすさまじさに、ある種の悲愴な感銘を受ける。」としている。この厳格なまでの「修辞の習練」によって「逆に、詩の日本語をいち早く革新し」また「言語操作力をさらに強度なものにした」というわけであり、その自由になった先に啄木の短歌の達成があったとする卓見である。同時に大岡(註11)は「啄木が詩を作る上で常に同じペースを保って書くタイプではなく、いわば間歇泉のように、時を置いては集中的に詩を噴きあげるタイプだったということである。」という指摘もしている。これもまた短歌創作の態度に通ずるもので、「短歌の爆発的噴出」が為されたことは、啄木の次の日記からも知られる。

「昨夜枕についてから歌を作り初めたが、興が刻一刻熾んになつて来て、遂々徹夜。夜があけて、本妙寺の墓地を散歩して来た。たとへるものもなく心地がすがすがしい。興はまだつづいて、午前十一時まで作つたもの、昨夜百二十首の余。」(啄木・明治四十一年六月二十四日の日記)

「頭がすつかり歌になつてゐる。何を見ても何を聞いても皆歌だ。この日夜の二時までに百四十一首作つた。父母のことを歌ふ歌約四十首、泣きながら。」

（啄木・明治四十一年六月二十五日の日記）

こうしたことから、啄木の場合、新体詩的で高踏緻密な「詩藻と修辞法」に習練したために、口語による自由奔放で「形が小さくて、手間暇のいらない歌」を生み出す基盤を獲得したといえるのではないだろうか。近代化＝西洋化の時代相の中で、啄木における文体との凄惨壮絶な格闘の結実として、彼の自由な短歌表現を味わうべきであろう。

詩作と短歌における文体の模索という意味では、牧水・啄木と同世代の萩原朔太郎についても考えておきたい。「日本近代文学における口語自由詩の完成者」と評される朔太郎の自由詩について、ルカ・カッポンチェッリ（註12）は「初期創作では短歌が出発点になっており、その後の朔太郎の創作にも通ずる重要な点を含んでいる。」と指摘している。特に朔太郎の歌集『ソライロノハナ』（青年期から10年以上作り続けた短歌を選定したが刊行されず、一九七八年〈昭五十三年〉に原稿が発見された。）に、「与謝野晶子・石川啄木・北原白秋の影響の他に、伝統的な和歌の影響も見られ」とする従来からの指摘を受けて、『一握の砂』の影響による口語の短歌への傾向、また短歌とモティーフが類似する詩作において、五七調を崩す手法としての「助辞や文語的表現」等の指摘などを展開し、「朔太郎の初期の作詩法と短歌創作は、共通する文体と技巧を示している。」としている。先に述べた啄木が作詩法からの展開で爆発的な短歌創作に到った経緯からすると、朔太郎の場合は短歌に出発しつつ口語自由詩の分野で注目作を生み出す詩人となったという反転した経緯を辿った、ということができるかもしれない。

さらに朔太郎に関してここで関連させたい評論は、次に引用する塚本邦雄（註13）の広範な視野をもった卓見である。

和詩の清新で爽やかな悲しみに溢れた旋律を愛で、それを再評価し、自作にも敢然と実行したのは萩原朔太郎だった。散文詩人として、既に定評のある、画期的な詩集『月に吠える』や『青猫』を世に問ひながら、突如として韻文詩に転ずるのを、世の人は「日本への回帰」として、賛否相半ばした批評を試みる。私はそれ以前に、散文、散文詩と呼ぶ、この浮草さながらの、成長途上にある文体の限界と、それに対する絶望を推察せねばなるまいと思ふ。彼は逆行したのではない。不易の文体に今一度あこがれたのだ。

ここで述べられている「和詩」（註14）について言及した件《くだり》も併せて次に示す。

この和詩の律調はそれ以後永く日本の詩歌に影響を与へ続ける。今日、様様のスタイルの散文詩に飽いた目にも、この文体は爽快で、悲痛で、しかも適度な苦みを交へた不思議な味はひを与へてくれる。そして、何よりもあの執拗な七五調の旋律を、無意識に拒む人人の心にも、甚だ快いのだ。古代歌謡以来あれほど日本人に親しかつた七五、五七調に、日本人自身が、やりきれないやうな臭みを感じ出したのは、さう新しいことではない。否、朗詠に和・漢があり、その漢を先立てたのも、唐詩尊重、真字《まな》信仰とは別に、佶屈として雄雄しい韻律が、当時の人の耳に快かつたからであらう。漢詩調が世を風靡し、飽和状態に達した頃、また必ず五七、七五が蘇る。幕末明治の世情そのものの悲憤慷慨調が、漢詩の隆盛を齎す基盤となつたことは言を待つまい。七五調の新体詩、それもバラード風の、ロマネスクなものの好まれたのも、繰返す歴史の一齣であつた。

塚本がここで言わんとしているのは、平安朝の朗詠詞華集である『和漢朗詠集』に象徴的に顕れる和文（和歌）と漢詩（訓読）との相互交響性ともいえる、日本語を母体とする詩歌の「姿」のあり方であろう。漢詩和訓を「漢語七分に大和言葉三分の、あの厳しく爽快な韻文の拍と律調は、他の詩歌にも大きな影響を与へて来た。」というように、訓読漢詩が日本の詩歌を刺激し各時代の文体が自立してきたことを考えさせられる。同次元のことを中国詩文を専門とする研究者である松浦友久（註15）は、次のように指摘する。

通時的かつ客観的に判断する限り、日本の詩歌史に在っては、「文語自由詩としての訓読漢詩」の歴史がきわめて古いという意味において、「詩的自由律（非定型リズム）」の歴史もまたきわめて古い、と見なければならない。概括的に言えば、それは、主要定型律としての「五七調・七五調」とほぼ雁行する歴史、すなわち、千年以上の持続的経験をもっているわけである。

（中略）

以上のように見てくると、「訓読漢詩」こそは、日本語詩歌史における「文語自由詩」として、質・量ともに最も大きな比重をもつジャンルであることが確認される。一見、異質に見える近現代の「口語自由詩」においてさえ、訓読漢詩が、その主要なリズム的源流の一つとなっているということは、むしろ必然的な結果と見るべきであろう。

日本詩歌史という普遍的な地平の上で「文語自由詩としての訓読漢詩」が「五七調・七五調」と雁行する持続的であったことを述べつつ、その影響力が近現代の「口語自由詩」においても「リズム的源流」になっているという点は、塚本の指摘した『和漢朗詠集』（平安朝詞華集）と『青猫』（朔太郎）との相互関係を、理論的に示した論考ということができる。再び塚本（註16）のことばに耳を傾けると、

漢詩を和文に解《ほど》く時、必然的に生れる和漢の軋轢と競合は、そこに予期せぬ鮮やかな滅張《めりはり》を生んだ。和文の、平仮名のみの連綿、濃淡による優雅な律調は、この時俄然、したたかな明暗

を加へ、衝撃的な炸裂音を点綴し、全く別趣の、悲愴な、豪宕《がうたう》な、瑰麗《くわいれい》な日本文脈に生れ変る。『和漢朗詠集』こそ、その生れ変つた鮮烈な日本文と、律呂うるはしい純潔の和文との、たぐひない照応を狙つたのだ。

という知的で鮮烈な口調を感得することができる。これは、まさに「文語自由詩としての訓読漢詩」が、和歌の律調と「軋轢と競合」によって「たぐひない照応」が為されることを述べる。本章において、啄木の文語定型詩から短歌、朔太郎の和歌（短歌）から口語自由詩への流れに迂遠しながらも、日本の詩歌が根源的に持続して来た境域に踏み込むことで、明治という時代において律調の上で、牧水が牧水なりの苦悶をしたという深淵に潜り入るごとき評を試みてきたわけである。

五、「木々の雫にか」――「調とは則ち姿なり」

おのづから湧き出づる水の姿ならず木々の雫にかわが文章は

冒頭にも記した歌集『黒松』所収、随筆集「樹木とその葉」の序歌となっている十首の歌の中の一首を再掲した。牧水にとって「わが文章」は「木々の雫」なのであり、「おのづから湧き出づる水の姿」ではないと主張する歌である。「伸びて張れる木の葉の姿」同様に自らの「文（体）」＝「姿」を「樹木」に見立てて述べようとしている。この発想は直接の影響関係はさておき、日本初の歌論である『古今和歌集』仮名序冒頭「やまうたは人のこころを種として、万の言の葉とぞなれりける。」と共鳴する。「伸びて張れる木の葉の姿」「木々の雫」とは「万の言の葉」にほかならず、この地に長年にわたり生い茂ってきた「やまうた樹木」の「姿」といえないだろうか。

「姿（さま）」とは、『和歌大辞典』（註17）に拠れば、「歌の詠みぶり。人の心が詞となってあらわれた一首の歌の全体像を評する用語で、特に、歌の趣向や表現形式に重きを置いた概念である。「姿」「風体」などの歌学用語とも重なる点がある。」とされており、その初出も『古今和歌集』仮名序である。その『古今和歌集』を理想と仰いだ江戸時代の歌人で歌学者の香川景樹は、『歌学提要』において「歌はことわるものにあらず調ぶるものなり」と主張し、『桂園遺稿・随聞随記』では「調とは則ち姿なり」とも説き、一首の内在的な韻律と形式が歌において心を表現するのだという歌論として理解することができる。

明治にはじまる近代は西洋化という大きな波の中で、個々の文体との格闘があった。その状況を中村真一郎（註18）は概括的に次のように説明している。

そうした近代の文語文は、漢文読み下し体の骨格に、西洋の原語の直訳である漢語をはめこんで作られたのです。

しかし、こうした文語文は、論理的普遍的であって、私たちの考えることを表現するのには適していましたが、屡々非論理的主観的な感じることを表現するのには不自由です。

そうして、考える専門家である学者と異って、感じる専門家である文学者が、自分たちの表現に適した文章を、感じたままを口にしている庶民の話し言葉のなかに求めるようになって行ったのは当然です。


まさに「感じること」=「心」を表現する詩歌にとって、口語自由詩へ向かう必然性が時代相の中で用意されたとも言えるであろう。その暗澹たる模索の渦中で、「五七調・七五調」「文語定型詩」「口語自由詩」などの境域を越境する試みを多くの歌人・詩人が試みた。こうした文体との苦闘の中で、牧水は「ちひさきは小さきままに伸びて張れる木の葉のすがた」を自らの短歌に求めた。自らの「破調歌」に恐怖を感じるほどの嫌悪を示したことそのものが、牧水自身の格闘の証であったわけである。

かくして格闘の末に「やまとうた樹木」の中に直立する短歌として牧水の歌を読んでいく意志を、没後九十五年を越えた今あらためて持つべきなのではないだろうか。

（註1）牧水の文体と身体性の問題に関しては、『牧水研究　第十三号』（二〇一二年十二月）において吉川宏志が、当該の「樹木とその葉」の歌も引用し「身体性と繰り返し表現──若山牧水の文体」というテーマで指摘をしている。

（註2）伊藤一彦「牧水の破調・自由律を読む──『死か芸術か』『みなかみ』の世界」『若山牧水　その親和力を読む』（二〇一五年　短歌研究社）所収

（註3）伊藤一彦「若山牧水のあくがれ～その歌言葉と韻律の特色」『和歌文学研究　第一一六号』二〇一八年　和歌文学会

（註4）本書序章（初出）「牧水の朗誦性と明治という近代」『牧水研究　第二十号』二〇一六年　牧水研究会

（註5）『明治のことば辞典』惣郷正明・飛田良文編（一九八六年　東京堂）

（註6）齋藤希史『漢文脈と近代日本』（二〇〇六年　NHKブックス）第二章「国民の文体はいかに成立したのか」「新漢語の出現」一〇四～一〇七頁

（註7）伊藤一彦「牧水における和語と漢語」（註2）前掲書所載

（註8）本書第三章（初出）「明治四十三年の邂逅──牧水と啄木の交流と断章と」『牧水研究　第二十一号』（二〇一七年　牧水研究会）

（註9）大岡信編『啄木詩集』（岩波文庫一九九一年）「解説」一六五頁

（註10）（註9）前掲書　大岡信「解説」一六〇頁

（註11）（註9）前掲書　大岡信「解説」一六六頁

（註12）ルカ・カッポンチェッリ『日本近代詩の発展過程の研究　与謝野晶子、石川啄木、萩原朔太郎を中心に』（二〇一八年　翰林書房）Ⅲ「萩原朔太郎　センチメンタリズムの流動性から近代日本の批評へ」第一章「短歌創作から初期の自由詩へ」

（註13）塚本邦雄『國語精粹記　大和言葉の再発見と漢語の復権のために』（一九七七年　講談社）「韻文対散文『和漢朗詠集』から『青猫』へ」一五八～一五九頁

（註14）（註13）前掲書　一五三頁

（註15）松浦友久『リズムの美学』（一九九一年　明治書院）第一部〔六〕「文語自由詩としての『訓読漢詩』」一六四～一六五頁

（註16）（註13）前掲書　一四八頁
（註17）『和歌大辞典』Ｗｅｂ版（古典ライブラリー）
（註18）中村真一郎『文章読本』（一九七五年　文化出版局）「文語文と口語文」三四～三五頁

第五章　牧水の学び――香川景樹『桂園一枝』と坪内逍遥「文学談」

一、牧水が受けた教育

牧水が本格的な短歌創作活動に入るまでに受けた教育の中でも、とりわけ影響の大きかったのが旧制延岡中学校時代の校長・山崎庚午太郎《かごたろう》であるのはよく知られている。文芸に興味をもっていそうな牧水に、史学専攻であったが『俳諧史談』（明治二十六年）の著書があり国文学に明るい山崎は、江戸時代の歌人・香川景樹の歌集『桂園一枝』を読むよう勧めたとされている。既に指摘されているように、牧水の短歌に古典和歌の影響が垣間見えるのは、もちろん古典和歌そのものを読んだことも考えられるが、『桂園一枝』の古典和歌尊重の歌風から間接的に学んだということを考えてもよいだろう。

また、早稲田大学に進学した牧水がその日記に書き残しているように、大学講義の中でもとりわけ坪内逍遥博士のものが大変に面白いとして絶讃していることが窺い知れる。大学時代の牧水は尾上柴舟に師事し、のちに著名となる詩歌人らとの交流についてはよく知られるところである。では、逍遥博士の講義からは何を学んだのであろうか。

このような問題意識から本章では、牧水の文学的素養に影響を与えたであろう『桂園一枝』と、坪内逍遥の早稲田大学での「文学談」の講義に活かされた「読法」という考え方に焦点を当てて、間接的にではあるが牧水が影響を受けたであろう教育の内実を解き明かしてみたいと思う。

二、香川景樹『桂園一枝』の和歌の影響

早春懐梅　　　　　　第二学年　若山　繁

梅の花今や咲くらむ我庵の紫の戸あたり鶯の鳴く

奢美をいましむ

身に纏ふ綾や錦はちりひぢや蓮の葉の上の露も玉かな

陰徳家

かくれたる徳を行ひ顕れぬ人は深山の桜なりけり

ここに引用したのは、大悟法利雄『若山牧水伝』（短歌新聞社　一九七六年）に拠るもので、延岡中学の校友会雑誌第一号（明治三十四年二月）に掲載された牧水の短歌である。大悟法に拠ればこれらが世に現存する牧水の短歌の最初で、特に三首目「かくれたる……」の歌を山崎校長に褒められたらしい。三首とも「梅に鶯」「蓮の葉の上の露」「深山の桜」と古典和歌に伝統の景物を素材としているが、三首目については上の句「かくれたる徳を行ひ顕れぬ」が牧水自身の行動を思わせ、「深山の桜」の景物が比喩として機能する歌となっている。景に載せた心情表出という意味で、山崎校長は牧水の才能を見出したのだろう。このような観点から香川景樹の『桂園一枝』を紐解いてみると、同想の和歌を見出すことができる。

花有開落

とふひともなき山かげのさくら花ひとり咲《さき》てやひとりちるらむ　（春歌）

花落客稀

花ちればふたゝびとはぬよの人をこゝろありとも思ひけるかな　（春歌）

残花少

ひとさかりありてののちの世中に残るは花もすくなかりけり　（春歌）

世の中はかくぞ悲しき山ざくらちりしかげにはよる人もなし　（事につき時にふれたる）

三首目までは「春歌」に部類された景樹の和歌であるが、一首目の「山かげのさくら花」を景とするのは、前述の牧水の「深山の桜」と同想であろう。その「山かげのさくら花」は「とふひともなき」とされており、山中に秘かに咲く「さくら花」の美しさと「訪ふ人」の存在が詠まれている。二首目の和歌でも「花ちればふたゝびとはぬよの人を」として、「散った後のさくら花を訪れる人は稀である」という題詠のとおりに、「人が訪ふ」が和歌の眼目として重要であるといえよう。三首目の和歌にしても「ひとさかりありてののちの＝人の盛りの時期（花盛りに対応して）の後の」とあり、自然景物と人事の対比性・喩性を読める和歌である。この三首目は『古今和歌集』（巻二春下）所載の「いざ桜我も散りなむひとさかりありなば人にうきめ見えなん」（旧日本古典文学大系『近世和歌集』三三八頁頭注）を踏まえたものとされる。

以上の「春歌」を牧水が読んでいたとすれば、前述した「深山の桜」はこうした香川景樹の和歌表現を背景として学び、上の句にみずからの心情を据えることで一首を構成したと考えることも可能であろう。また四首目は季節題ではなく、「事につき時にふれたる」とあり「雑」題の人事に関連した歌と思われるが、「山ざくらちりしかげにはよる人もなし」として世の中に生きる人間の悲哀を抒べた歌であろう。「深山の桜」の姿に関連させて人事である「徳行」を詠んだ牧水の最初期の短歌は、このように『桂園一枝』の古典和歌的な観念の連想を学ぶことが創作の過程に影響していると考えてみたい。

他の歌に関しても、「早春懐梅」とある一首目には、「梅」に「鶯」と「柴の戸」の取り合わせである。この観念の連想に関してもやはり『桂園一枝』の次のような表現との関連が窺われよう。

山家鶯

柴の戸の春のさびしさ鶯のこゑより外《ほか》の山びこもなし　（春歌）

「柴の戸」とは、木の小枝などで作った戸や門のことであるが、転じて「粗末な門」のことを表し、山里の春先のさびしさを表現する景として効果的である。「春のさびしさ」の中では「鶯のこゑ」のみが焦点化されて響きわたり、「山びこもなし」と表現されることで他者のいない孤独な「さびしさ」を読むこともできよう。牧水の歌では「我庵の柴の戸あたり」とされているが、延岡中学校での生活において生家の山あいの坪谷へ思いを馳せ、「梅の花今や咲くらむ」と、見ることのできない現在の状態を推量（「咲くらむ」）する歌である。親元を離れての現在の生活の孤独な寂しさを生家の風景を回想し、梅が咲く景を描写したと読めないだろうか。このような解釈の上でも、やはり古典和歌的な景物の連想から詠まれた歌であるわけで、その学びの淵源は『桂園一枝』であるといってよいのではないだろうか。

牧水の残る二首目の歌であるが、上の句「身に纏ふ綾や錦はちりひぢや」として、「身に纏う豪奢な綾や錦」も「塵と泥」のように「とるに足りないもの」であると「奢美をいましむ」の題についての抒情が表現されている。下の句では素朴にどこでも見られる「蓮の葉の上の露」までもが「玉のように美しく尊いものだ」と自然美を讃える歌として結ばれる。この「蓮の葉の露」を「玉」とする発想はやはり『桂園一枝』の次の和歌に見出すことができる。

こむ世まであざむかれても蓮葉の露を玉とは何たのみけむ　（雑体）

「来世においてまで欺かれたとしても」とする上二句では、人間社会における「欺き」を嘆くかのようであり、そんな汚い社会にあっても「蓮葉の上に置かれる露を玉のように美しく尊いものとみて、（自然美を）何としても心の頼りにしただろう」と詠う。人の心と自然を同質に捉え、その穢れと美しさを見つめ合う発想の歌として、やはり牧水の歌に通ずるものと考えられるだろう。このように作歌の素材や発想の面において、牧水の延岡中学校時代の最初期の歌に『桂園一枝』の歌の影響が見て取れるといってよいのではないだろうか。

歌集『桂園一枝』の香川景樹といえば、賀茂真淵の『新学（にいまなび）』の論説に対して批判した『新学異見』の歌論があることでも著名である。前述してきたように牧水の延岡中学校時代の短歌に『桂園一枝』の影響を見て取ることはできたが、香川景樹の作歌の背景となる歌論の存在にもいささか注目しておきたい。それは「調べ」の規範を『古今和歌集』に求めながらも、「現代には現代の歌がある」とした考え方である。ここでその一端について触れておきたいと思う。

新まなびに云ふ、

いにしへの歌は調をもはらとせり。うたふ物なればなり。

景樹按《おもへ》らく

いにしへの歌の調も情もととのへるは、他の義あるにあらず。ひとへの誠実《まごころ》より出づればなり。誠実より為れる歌はやがて天地の調にして、空ふく風の物につきてその声をなすが如く、あたる物としてその調を得ざる事なし。

（『新学異見』（註1）より）

真淵の『新学』においては「いにしへの歌（上代の歌）は『調べ』（韻律感）を主とする。」としている。これに対して景樹の反論として、「いにしへの歌の調べも情も整っているのは、他に理由があるわけではなく、純一な誠実から生れ出たからである。」として、「誠実より生じた歌は、そのまま天地宇宙の調べであり、空を吹く風が物に当たり風音を立てるように、誠実が物事に当たって発すると自然の調べが得られないわけはないのである。」としている。

この「天地宇宙の自然の調べ」という発想は、和歌短歌の韻律、特に（旧派）和歌から（新派）短歌へ移行してきた明治期においては重要な視点であるように思われる。明治期の正岡子規を中心とする短歌革新運動によって、所謂「和歌」が『短歌』に生まれ変わったのは明らかなことであるが、本書ではその詳細に触れることはしない。しかし、特に「三十一文字の骨格」と「骨と骨との響き」とでも言おうか、韻律を主として引き継がれ重ねられたものについても、注視すべきではないかと思う。

このような意味においては、牧水が『桂園一枝』によって香川景樹が大切にした「骨格」を、和歌を読むことを通して学んだといえるのではないだろうか。景樹の作歌の背景となる「天地の調べ」が歌作の基礎基本として牧水の中に涵養され、それが滑らかな韻律と「骨太」な牧水の歌作に影響を及ぼしているように考えたくなる。さらに景樹の『新学異見』の一節を読んでみよう。

また、往古「うたふ」といへるは大よそ声を引くの称《な》にて、いま譜節《ふし》して謡《うた》ふのみをいふ如きには非ざりけらし。直にうそぶき長息《なげく》ぞ本なるべき。されば、公庁《おほやけ》に訴ふるなどの「訴へ」も悒鬱《おぼ》しき懐ひを聞え上ぐるの称にて、長歎の意よりいへるなり。鶏の鳴くを「うたふ」といへるも、そのひく声の長ければなり。また、事有りていひ喧《さわ》ぐを「世にうたはる」などいふも、古意の遺れるなるべし。さるを、故に搆《まう》けて謡ひ上ぐるはいよい嗟歎《なげき》の長きものなれば、猶「うたふ」といはむ事論なし。後世さる方にのみ言ひ慣れたるをもて、「歌」は曲調にかけたる後となへ出でたる称なりと思へるは、なかなか本末を取りたがへたるものなり。しか調べなしてうたはむは一たび歌と詠出でたる後にして、その称の本といひ難し。往古といへども見るもの聞くものにつけていひ出だせる歌、しか悉く綺飾《あやとり》て謡ひ上げたるものにあらず。されば、後世に「よむ」といへるぞやがて往古の「うたふ」なるべき。勿論《もとより》いにしへ「よむ」ともいへり。

さるを、往古にしては必ず謡へるものとのみ思ひとれるは、「歌」といふ称に泥《なず》めるの謬《あやま》りなるべし。

（『新学異見』より）

景樹の主張としては、「うたふ」ということばの行為としての意味を、和歌と関連させて述べている。古代では声の息を長く引くことを「うたふ」といったのであり、現代のように節をつけて謡うのみを「うたふ」といっているのとは違うと述べている。よって「訴へ」に通じるのも「長く歎く」ことをいうからで、鶏が鳴くのを「うたふ」というのはその声が長く引くからであり、事件などが世間に喧伝されるのを「世にうたわれ」と言われるのも古語の意味が遺っているからだとする。よって現在のように、「うたふ」を曲調に載せることばかりに使い慣れているが、それは原義と派生とを取り違えているとして、古代でも「見るもの聞くものにつけていひ出せる歌」がことごとく曲調をつけて謡われたわけではない。つまり後世の「よむ」といっている語の意味が「うたふ」の語の意味に該当するとされている。

ここで景樹が賀茂真淵への反論として述べていることは、近世から近代への和歌短歌のあり方を考える上でも、大変に大きな示唆を与えてくれる。「歌う」「唄う」「謡う」「詠う」「謳う」など現代語でも漢字の書き分けがあるが、「うたふ」という語義の変遷史とともに、和歌短歌の上での「うたふ」にも混濁が生じて来ているのではないだろうか。既に筆者は、牧水が朗詠を得意としており、そのあり方が明治三十年から四十年を境に大きく変遷した社会的環境の変化との関係について本書序章で評してきた（註2）。その牧水の作る短歌の「骨格」が前述した「調べの説」を主張した香川景樹の和歌によって為されたというのは、単なる偶然ではないように思われる。

三、坪内逍遥博士の「文学談」

明治三十七年、牧水は延岡中学校を卒業し上京、早稲田大学文学科予科に入学している。その翌年の明治三十八年三月に延岡中学校『校友会雑誌』に牧水は「早稲田より」という随想を寄稿している。ここではその一節に注目してみよう。

入学早々授業の上に弱りしは英語に候。試みに目下一週間の時間表をあげむか英語十六時間、国漢文六時間、歴史倫理文学談二時間、論理日本作文体操各一時間に候。

講師は今のところあまりエライ人もお出でなき様なれど坪内逍遙博士の文学談などは馬鹿に興深きものに候。少しも先生面し給わず聖人ぶりたまはず至極丸く砕けてのお噺にて、芭蕉なら芭蕉、バイロンならバイロンの声色面白く、西行なら西行ゲーテならゲーテの身振り可笑しく、時には恋愛論もまかり出で時には俳優評も見参すると云ふ有様、二時間打つ通しの講義に欠伸一つ出ぬのが妙に候。倫理も同氏、これ亦七尺去つて師の影を踏まず流の固苦しいものならず、多くは西洋の名だたる小説に倫理的講義を加味せられしものにてほゝゑみてしみぐ〵とうち聴かれ申し候。

この記述から牧水が早稲田大学文学科で学んでいる講義の概要が知られるとともに、特筆すべき「馬鹿に興深きものに候」として「坪内逍遙博士の文学談」の内容に関して、原稿の文字数を費やしているのは興味深い。まず坪内博士は「先生面」もせず「聖人ぶり」に振る舞うこともなく、「至極丸く砕けてのお噺にて」と講義の態度に言及している。「丸く砕けて」の内実はその後の記述からも窺えるが、表記の面で「お話」ではなく「お噺」としている点にも注意したい。

明治期では漱石が落語好きであったことは知られているが、「声の文化」たる話芸が未だ社会の中に大きな位置を占めていたことが窺い知れる。ここでも牧水が表記として「噺」を選び取ったのは、やはり「声の文化」＝「話芸」の伝承的要素を感得していたからではないだろうか。続く文章を辿ってみれば、坪内逍遙博士は「芭蕉・バイロン」「西行・ゲーテ」等の日本や西洋の文人らに関して談ずる際には、「声色面白く」また「身振り可笑しく」という様態で噺をしていたと云うのだ。内容としても「恋愛論」や「俳優論」にも及び、「二時間打つ通しの講義に欠伸一つ出ぬのが妙に候」と実に退屈もせず楽しく興味深い講義であることが綴られている。この坪内逍遙博士の「文学談」で学んだことが、その後の牧水の歌作に生かされないわけはないように思われる。このように考えて、なぜ逍遙博士はこのような様態で「文学談」の講義を進めていたのか、その背景となる考え方を探ることで、牧水の歌作に直結した声や朗詠のあり方への繋がりを見出してみたいと思う。

明治二十四年四月十三日発行の『国民の友』第百十五号には、「特別寄書」として坪内逍遥の「読法を興さむとする趣旨」が掲載されている。そこには「人は其思想を他に伝へんとするもの也」という項目で書き出され、「思想を他に伝ふる方法」「上代の著作と今代の著作との別」「読法の種類」などが明晰に語り出されている。前述した早稲田大学文学科予科で牧水が受講した「文学談」は、まさに文学における「思想を他に伝へん」とする講義であることは明らかだ。牧水が坪内逍遥博士の講義を受ける十数年前に著された「読法」そのものの方法を、逍遥が講義で実践していたであろうことは十分に推測できることである。また牧水が『校友会雑誌』に記していることは、この「読法」を逍遙が実践していたとする証左たる一現象であると考えることもできる。それでは逍遥の「読法」の内容の要点を順を追って見ていくことにしよう。

人已に其性の自然によりて其思ふ所を他人に伝へむと欒《ねが》へりとすればそも如何にして之をすべきか夫れ人の心は其面の如く殊なり、思想を伝へむとする欲は同じけれども其本意は元より千差万別なるべし。
（中略）
其本意の多様ならんことは更に爰に弁ずるを須ひず。但夫の思想相伝の方法に至りては予は僅に二種あるを知れり著作《ライチング》と話説《スピーキング》と是なり話説の事は本題の外なればいはず乞ふ著作の事を説かん。（『国民の友』百十五号「思想を他に伝ふる方法」五四七～五四八頁）

ここでは「人はその本性として思うところを他人に伝えたいと願ってはいるが、それをどのようにすべきかは人の顔が違うように個々に特殊であり、欲求は同じであってもその志は千差万別である。」と述べている。その上で「思想相伝の方法」は二種類あって「著作（ライチング）」と「話説（スピーキング）」とし、この説の中では「著作」について説くと述べている。

又其国土の東西を問はず誦し易き節奏文の先づ起りて無調の文章の後に興りしも此理に因るなりされば上古の時代に於ては著作と朗読とは猶上唇と下唇との如く相伴ふてはじめて人の意を発露し若くは車の両輪の如く相裨けてはじめて人の思を運びぬ今の所謂黙読は其ころは殆ど行はれざりしにも同じかりき（同「上代の著作と今代の著作との別」五四九頁）

ここでは「国土の東西を問わず」文学の形態として「誦しやすき節奏文」が前に興隆し「無調の文章」は後に興ったことに言及し、韻文の先駆性を説いているのも興味深い。その上で「上古の時代」には「朗読とは猶上唇と下唇との如く相伴ふて」という状態が通常であり、当時は「黙読」が殆ど行われていなかったことを述べている。「著作」そのものが「朗読」の声と同一のものであったという考え方として傾聴に値するであろう。

然らば今日の如く教育普通せる世となりて一篇の文章の忽ち化して数万部の印刷物となり同時に数万人に黙読せらるゝ世となりては最早朗読を行ふべき必要絶えてあるまじき事なりといふものあらん彼等或は論じて曰はん著述を朗読するは古へ未開の世の必要件にして今の開明の世には要なき事也今の世は文章の意味を解し誤らざるにまで黙読若くは素読をすることを教ふれば足れり昔人こそ耳をもて他人の作を読みもしたりけめ今人は目もて読み得べき便宜を得て而も今の人は概して普通の読書眼を具へたり何の為にか朗読し若くは朗読法を学ぶ要あらんや古へには朗読法といふもの実用技芸の種なりけんが今の所謂朗読法は仮令用ありとするも人心を娯ますといふ美術の末班に列するに過ぎじと

かゝる論をする者は読法に素読あるを知りて他あるを知らざるものなり予が謂ふ読法の如何なるものなるかをいふ前に先づ読法にさま〴〵あることを弁ずべし読法を大別して三種とす機械的読法と文法的読法と論理的読法と是なり夫の黙読といへるものも読法の一種なるが如しと雖も実は前にいへる三読法をば無言にて行へるに外ならねば爰に別目とはせざる也（同「読法の種類」五四九頁）

ここでは（「今日の如く」以下で述べられているように）、近代になって印刷物が大量に出回ることで、

「朗読」の行うべき必要が絶えてしまったのではと述べ、文章の意味を解し誤らないための「黙読」と「素読」を学べば事足りるとしている。さらに現在の朗読法は「仮令用（かりそめのもの）」であり、「人心を娯ますといふ美術の末班」のようなものに過ぎないとしている。その上で「読法」には「機械的読法と文法的読法と論理的読法」の三種類があることを提唱しているわけである。それでは以下には、この「三種類の読法」がいかなるものであるかという要点を引用しながら見ていくことにしよう。

機械的読法

機械的読法とは俗にいふ素読なり文章の句読にだに殊更には注意せずと只文字の並びつながれる順序を追ひ例へば小児が論語大学などを素読し、老錬なる変則の英語学者が英文の朗読をすらんやうに只さら〳〵と読流しゆくをいふ也

（中略）

所謂読む声に情無く温度無く生活無し此法或は名づけて死読法ともいふべくや

（中略）

今や教育普通の世なりといへども百人につきて件の死読法を行ふもの少くとも九十人の割合ならん而して死読法にて文を読まん者に其文の本旨を解し得るもの予の経験によれば殆ど無し試に思へ墓無き俚歌童謡といへども活眼をひらきて論理的に読まば時に毛詩万葉に彷彿たる旨

味を含みたるを見ることあるべし（同上五五〇頁）

まず「機械的読法」であるが、文章の句などの細部には殊更に注意を向けず、順番通りにただ「朗読」することと云っている。「所謂読む声に情無く温度無く生活無し此法或は名づけて死読法ともいふべくや」としており、最近では九割方の人々がこの死読法で読むことが指摘されている。童謡などでも「論理的」に読むならば、中国古代の毛詩や万葉集のような旨味があるとも述べている。

文法的読法

文法的読法は所謂朗読法の本領にして又の名を正読法ともいふべし発音、法に合ひ句読、宜しきを得読声の緩急抑揚、よく文意と調和して正当なるが故なり即ち文章を朗読して他人の聴覚に訴へ彼れの視覚に訴へたると同様の感銘を生ぜしめんと力むるもの也若夫れ読書眼無き者が自ら読まば前に謂へる機械的読法によりて黙読（若くは素読）するが故に殆ど其文旨の在る所を十分には理解し得ざるべきも上手が文法的に朗読して聞かすが為に自ら書を開いて見たるよりも一層の感銘を起すべしとなり

（中略）

唱歌的句拍子といふものにて拍子はあれど文法にも将た論理にも適はざれば是また一種の機

械的読法なり即ち五七、七五等の句拍子につれられて我しらず調子づきて誦するのみ若夫れ予が所謂文法的読法の句読並に句拍子は之と大に異なれり我に於ては声を張るも文章の意味に因れば声を弛むるも文章の意味に因るなり（同上五五〇～五五一頁）

ここでは、「文法的読法」とは「朗読法の本領」であり「正読法」ともいえるものだとし、文法に合致した文章の句割りを意識し読み声の緩急抑揚をつけ、文意と調和して読む正当な方法であると云っている。この方法で朗読すれば、聴覚にも視覚にも訴えて（著作者と）同様の感銘が生じるものだとし、機械的読法での黙読で十分に意味が理解できない人がいたとしても、この読法を用いれば本人が書物を読むよりも一層の感銘を起こすのだと述べている。また「唱歌的句拍子」として「即ち五七、七五等の句拍子につれられて我しらず調子づきて誦するのみ」な読法であれば、ここで云う「文法的読法」とは大きく異なるものであると指摘している。この点は特に短歌の朗詠・朗読を考える上で大変に示唆的な内容であると注視すべきであろう。

論理的読法

概則をいはゞ凡そ論理的読法にては彼の文法的読法に於ての如くに強ち文法的句読に拘泥せずして専ら其文章の深意を穿鑿し（批評・クリチシズム）否むしろ其文の作者若くは（院本ならば）其人物《カラクタル》の性情を看破し（解釈・インタープリテーション）自家みづからが其作者若くは

其人物に成代りたる心持にて其文中に見えたる性情をもて直ちに自家の性情の如くにし誠実に熱心に肺肝を傾けて慷慨せるが如く悲憤せるが如く哀傷せるが如く憤怒せるが如くに読まんとするなり言葉を改めていへば彼の機械的読法に於ての如く単に目（アイズ）のみをもて読まず又彼の文法的読法に於ての如く専ら智力（インテレクト）のみをもて読まずして智と情と目と心を相助け相裨けて読まんとするなり（同上五五四頁）

最後に「論理的読法」についての記述である。ここでは、「文法的読法」のように「文法的句読に拘泥せず」として、「批評」と「解釈」を施しつつ読む者自らが作者や登場する「人物に成り代りたる心持にて」読むものとされる。その文脈の中にある「慷慨」「悲憤」「哀傷」「憤怒」などの「性情」を十分に看破した上での表現とすべきだと云うことだろう。そのため「智と情と目と心を相助け相裨けて読まんとする」という姿勢が大切で、「機械的」の「目」のみ、「文法的」の「智力」のみの読法とは、大きく違うことを述べている。

本稿では坪内逍遙博士の「文学談」に感銘を受けていた牧水が、どんな要素に惹き付けられたかを間接的な材料をもとに推測を試みた。かなり迂遠をしたが、最後に述べられていた「論理的読法」という方法で講義をする坪内逍遙の様子を、牧水が延岡中学校『校友会雑誌』の内容に記していたことと繋がりが発見できたと思う。「芭蕉なら芭蕉、バイロンならバイロンの声色面白く、西行なら西行ゲーテならゲーテの身振り可笑しく、」と講義での様子を伝えたのは、坪内逍遙が「論理的読法」を学生に説いていたと考えてよいだろう。ここに示した坪内逍遙の「三読法」は、牧水の文学への向き合い方に少なからず影響を与えたであろう。筆者が本書に記す牧水の朗詠・朗誦に関するいくつかの評論と併せて、同時代性のもとに牧水の「声による作歌と朗詠」の実態を考えてみる必要があろう。

四、牧水の学び

本章では、牧水が置かれた教育環境の中でいかなる内容を学ぶことで、歌人として大成する若山牧水が築かれたかを、いくつかの資料をもとに間接的ではあるが奥深く探究してみたつもりである。旧制延岡中学校時代に山崎庚午太郎校長に勧められて読んだとされる香川景樹『桂園一枝』、江戸時代後期の歌人の歌には古典和歌の要諦が詰め込まれており、多方面にわたり牧水が多くを学んだことが推測できる。その証左として牧水が生まれて初めて『延岡中学校校友会雑誌』に投稿した短歌のすべては、『桂園一枝』所載の和歌に同想の素材があることが確認できた。

さらに香川景樹の歌論『新学異見』には、「調べ」に関する言及があり、豊かな表情の韻律を持つ牧水の短歌の基礎的な「骨格」づくりにおいて、こうした歌論を有する景樹の和歌が寄与しているのではないかということも述べた。香川景樹は「歌はことわるものにあらず、調ぶるものなり」(『歌学提要』)という至言も遺しており、近代短歌の新たな出発に大きく貢献した牧水の作歌活動が、こうした古典和歌との重ねによって基礎が築かれていることには「やまとうた」としての歌学史を構想する意味でも見逃せないものと思われる。

また牧水が早稲田大学文学科に進学した後の講義で、坪内逍遙博士のものに深く感化されている様子が知れる延岡中学校『校友会雑誌』の投稿記事がある。逍遙博士の「文学談」にて為された作者に成り代わるような声使いの講義は、牧水が出会う前に既に『国民の友』への投稿で詳説されていた「読法を興さむとする趣旨」にその論理が示されていた。牧水は作歌の際に過去の自らの歌や『万葉集』を音読して、その気概を高めていたことは本書各章に記してきたことである。また延岡中学校時代から朗読が得意であったが、特に早稲田大学に進学した後は、友人と野を歩くなどの際に牧水の高らかな朗誦が聞かれたことは有名である。さらには、推敲の仕事の際などにも何やら「ブツブツ」と小さな声を出しながら勤しんでいる姿が記録されている。こうした「声」を柱にした牧水の歌作や文筆活動は、その礎として坪内逍遙博士の「文学談」講義により伝授された「読法」に大きな影響を受け、使用目的に応じた論理的な声の使い方をしていたことが窺い知れるのではないだろうか。

以上、牧水の旧制延岡中学校時代と早稲田大学時代の学びを深掘りしてみたわけだが、若山牧水とその短歌や歌作の同時代的な理解の一助となればと願うばかりである。

（註1）『新学異見』本文は、『新編日本古典文学全集歌論集』該当部分　藤平春男校注・訳（小学館二〇〇二年）に拠る。

（註2）本書序章（初出）「牧水の朗誦性と明治という近代」（『牧水研究』第二〇号　二〇一六年十月）

第六章 「しびれわたりしはらわたに」
――和歌・短歌と朗誦・朗読

一、牧水のうたは声なり

酒の毒しびれわたりしはらわたにあなここちよや沁む秋の風　（若山牧水『海の聲』）

宮崎県に東京から移住して間もなく四年（二〇一七年当時）になる。昨今厳しい就職状況である大学専任教員になるべく、日本全国場所を問わず公募書類を提出していた頃が、今は懐かしく思えるようになった。不採用通知を受け取るのにも慣れてしまった頃、幸運にも宮崎での採用を手にすることができた。「なぜ宮崎なのだろう?」その時は漠然と思っていた期待のごとき感情が、いまは「宮崎でなければならなかった」と確信に変わった。その一要因として牧水の歌に出逢い直したということは、誠に筆者のこころを刺戟して余りあるものであった。

従来より平安朝前期和歌を研究してきた身として、牧水の歌の持つ「毒」ならぬ陶酔度の高い味わいは魅力的である。大学での講義はもとより説明会やオープンキャンパスといった弁舌機会には、必ず牧水の歌を撰び朗読すると聴衆から反響の大きさが感じられる。その理由を探究しようと『牧水研究第二十号』(平成二十八年十月　牧水研究会発行)に「牧水の朗誦性と明治という近代」(本書序章)を投稿した。牧水の第一歌集『海の聲』では特に、収載歌が歌集名にある「声」の持つ「力動」を具えていることを評したものである。あまりにも有名な「けふもまたこころの鉦を……」「幾山河越えさり行かば……」などの歌は、「声の文化」(W・J・オング『声の文化と文字の文化』桜井直文他訳　一九九一年　藤原書店)の特徴である「累加・累積」「人間的な生活世界への密着」「感情移入的あるいは参加的」「恒常性維持的」という諸点を具えたものであるというのが当該小論の主張である。

牧水といえば「酒」の歌にも特長がありその一首を冒頭に引用したが、いきなり「酒の毒」と宣言する初句は「我の歌(牧水歌)」にも置き換えられそうで、それほど牧水の歌は「しびれわたりしはらわたに」と受け止めたくなるような「力動」に溢れており、その歌からは牧水の「声」を聞くことができるのである。

序章にも引用したが、「明治という近代」とことばの関係をを考えるにあたり欠くべからざる人物の書いた文章がある(「国語と和歌」『短歌講座第十巻特殊研究篇上巻』一九三二年改造社　所収)。それは明治時代に、「国語」という教科の成立に関わって尽力した東京帝国大学教授で国語学者の上田万年である。上田の論では「今日では時勢が変わつて歌の上に漢語だの洋語だのを妄りに使ふことが流行るが、和歌の上に於ては国語の純粋といふことは、かなり厳格に維持されて来たのである。」とあり「歌ばかりでなく、普通日常の言語でも、成るべく大和言葉で進んでゆきたく願ふ。」とされている。和歌から短歌への千三百年にわたる歴史、そして急激な西洋文明を受け容れようとした明治の「近代日本語」においても「和語（大和言葉）」の継承・発展に短歌が大きな役割を担っているとする見解として傾聴に値する。牧水の朗誦性を端緒として、明治維新以後の百五十年にわたる短歌を考える上でも、「朗誦」「朗読」との問題を関連させて考え、ささやかな「二十一世紀への視座」を構想したいと思う。

二、音読と国語、短歌と朗読

「いま」まさにこの文章をお読みいただいている貴方の読み方は、ほぼ例外なく「黙読」であろう。だが冷静にその状況を自己分析してみて欲しい、この文章の「語り」の「声」がこころの中に響いてはいないだろうか。次第に声帯を意識するとかすかに「声」になりそうな自己の身体の微動に気づくことだろう。そして、わずかに唇を動かさむとすれば、吐息のような「声」を自分で聞くことができる。短歌を読むとき、または詠むとき、自然とこのような「声」の身体性を稼働させていることはないだろうか。少なくとも筆者は、牧水の歌を読む際には、明らかに「声」が自然と起動してきてしまう。時に高揚した調子で、時に低唱微吟にて牧水の歌は味わいたくなる。その作用が次第に、自然豊かな宮崎の風土と交響してくるような感覚となる。牧水の歌が持つ朗誦性・愛誦性というのは、自然の息吹と「短歌の声」が対話的な関係性を結ぶことだと思っている。

筆者は仕事上、大学の講義・一般向けの講座・教員向けの講習などで「朗読」をする機会が多い。冒頭でまったく何の前置きもなく短歌を朗読し始めると、受講者の多くは配布された資料類の中に、その場で朗読されている「文字」を捜し始める。発見すると朗読に合わせて、手元の資料の「文字」を眼で追い掛け始める。すると前述した身体性の逆作用が起こり、受講者は朗読の「声」を聞くことと手元の文字を追い掛けることを二重に「聞く」「読む」していることになる。ともすると自己の内言としての「黙読」の比率が高まり、朗読の声が聞こえる支配率が下がっている可能性がある。

数多くの講義・講習でこうした「実験的」な試みをしてきたが、年代層を問わず現代人はこのような朗読の「聞き方（読み方）」をする傾向がある。いわば、詩歌はあくまで「文字」なのであり「声」ではないと認識しており、それがあまりにも自明のことゆえに「文字依存」な感覚であることを見失いがちである。それに同調してか、テレビでバラエティー番組を観ていると、出演者のたわいない発言や笑い声まで文字化して字幕として表示されることが昨今実に顕著になった。ニユースに至っては発言を適度に字幕で修正し、微妙に趣旨が変わりかねないと思うことさえある。

　こうした一般大衆的な現実の背後には、「国語」の時間に行われる「音読」の問題があると筆者は考えている。端的に述べるならば、一次言語（音声）中心で育ってきた小学校低学年では、実に豊かに「音読」を楽しむ授業となるが、二次言語（文字）が浸透するに連れて、小学校五年生や中学校二年生頃を段階的な境として意欲減退の兆候が見え始め、高校生に至っては「国語」授業の「音読」の時間がほぼ目的を失い、次第に頽廃的な「難行苦行」と化してしまう。先日も大学一年生の講義で、「（これまでの国語授業経験において）音読は何のために行われていたと思うか？」という問いに対して、「眠気覚まし」と回答した学生が複数いた。これは〈教室〉での「音読」の実情を考えると、決して驚くべきことではない。よって成人になったとしても現代人は、特に「文学」などを扱う場合に、「文字」と「声」の関係性に自覚的である必要があるのではないかという思いを強くする。

　短歌に関しても実は、こうした問題を関連させて考えることが重要なのではないだろうか。現代短歌と朗読といえばまず『耳で聴く短歌文学一〇〇年の歴史　現代短歌朗読集成』（二〇〇八年同朋舎メディアプラン）が頭に浮かぶ。冒頭「刊行にあたって」の篠弘の文章で同書制作の過程を鑑みた上で、解説における監修の岡野弘彦・馬場あき子・岡井隆・佐佐木幸綱らの現代短歌と朗読に関する記述を読むと、概ね古典和歌における朗詠の必然性とともに、現代短歌と朗読との相性の悪さが述べられている。

馬場あき子は「朗読によい歌と、あまり適切ではない歌があることは作品を読んでみれば了然としている。しかも名歌は必ずしも朗読して感銘を与えず、意外にも声に出して読んではじめて心にひびき、よい歌だったと感動するものもある。」とし、「ただ『恋』の歌だけは別である」とした上でも「自分の歌を読むとすると、どうしたらいいか、大いに迷った。」と述懐している。また岡野弘彦は「現代の歌人は、短歌を朗読することはあっても、朗詠しなくなった、ところが、若山牧水や前田夕暮、土岐善麿などは明らかに短歌を朗詠したのである。」として「少なくとも、近代の歌人までは、それぞれが自分の個性に合った朗詠法や朗読法を持っていて、折につけて時につけて口ずさんだり、朗々と歌って人に聞かせたりしてもいた。それが戦後の歌人にはほとんど無くなり、稀にあっても現代詩の朗読の流れに沿ったものになった。そこが戦前の歌人たちと現代歌人の大きな違いである。」としている。これは同書のCD音声を聞いても明らかで、信綱・空穂・晶子・茂吉・夕暮・白秋らの朗詠を聞くと、実に個性的で作品性の一部であるかのような思いを抱く。

また同解説で佐佐木幸綱は、例歌を引きながら「万葉集の時代に歌はどう発声されたのだろう。」という問題意識について試案的な考察を述べている。「詠・誦・誦詠・吟・吟詠・口号・唱・唱歌」などという表記の多くを万葉集では「うたふ」と読むことにも触れて、「語るように歌う」発声の方向を想定している。もちろん万葉集時代の実情を探ることは現実には不可能であるが、この「語るように歌う」という想定は、明治時代の歌人たちの朗詠にも通ずるものがあるのではないかと思われる。若山牧水の朗誦は残念ながら音声資料として遺っていないが、牧水が朗誦好きであったことは本書で記すように諸資料から明らかである。牧水『短歌作法』（上篇第十三「歌を作ろうとする時及び出来た後」のうち「作りたくて出来ない時」）では、「万葉集の歌」などを「黙読より音読がよい。」として「音読せよといふのは自分の声そのものが自然に自身に感興を呼ぶものであるからである。」と記している。牧水が万葉集を重んじたのは、同『短歌作法』にも記されているが、まさに「語るように歌う」ことから、その「調べ」を身体化することで作歌に結びつけていたことが考えられる。

また岡井隆は「ヨーロッパの言葉」に比べて「日本語は音楽性に乏しい」と指摘した上で、『朗読』は、他人の作品を読むときと自作朗読とでは、ちがふ。」と述べ「一つ一つのセンテンスの意味は時として分かりにくくても、全体のことばの印象や、身ぶりや表情や小さな抑揚によって言葉以外の部分による伝達ができるらしいといふことである。朗読が全身による芸であること。それによって日本語の反朗読的な性質をどこまで克服できるかといふことであろう。」と締め括っており、自作短歌の朗読に一端の可能性を見出している。

果たして、「二十一世紀への提言」（初出原稿のテーマ）という本章の使命に即していうならば、「音読・朗読」と「黙読」の双方を融合して場面や目的に応じて意識的に使い分けていく必要があるということになろうか。「個」が際立つ現代短歌であるからこそ、こうした身体性に対して自覚的になるべきではないのだろうか。牧水の次の歌などを読めば、作歌と「朗誦」との関係性を考え直す契機にもなろう。

わが旧《ふる》き歌をそぞろに誦《ず》しをればこころ凪《な》ぎ来ぬいざ歌詠まむ　（第十四歌集『山桜の歌』）

三、和歌・短歌それぞれの百五十年

二十世紀の短歌が、「個人」の「現実」を「事実として具体性」をもって詠まれ「私的記録性」を持つようになったという評に異論はないであろう。もちろんこれは歌人らの内発的な「短歌革新運動」の波に拠るところが大きいが、同時に新聞・雑誌・書籍を中心とする印刷文化の興隆による外的要因による影響も見逃せない。印刷文化が普及・一般化することで、前項の論点であった「声」から「文字」中心の文化に移行したともいえるであろう。短歌が朗読と相性が悪い、ということも「活字」として一斉に多くの読者に「読まれる」文化に変質したことに起因しており「（短歌）大衆化時代」の必然ともいえる。項目一で取り上げた上田万年が、「短歌」こそは「和語の継承・発展」において大きな役割を担っていたとする論も、むしろ活字による文字表記が為されることで、漢語や（西）洋語の語彙利用が積極的に可能になったことの裏返しにも読める。印刷文化による大衆化が、むしろ「個」を引き立てることになったわけである。やがて「文字表記」

されることが作品の前提とし、次第に「声の文化」の持つ身体性を失う文学作品群が増えてくる。こうした歴史的経緯を考えた上で、現在われわれが自明と思っている「文字」としての「短歌」を、あらためて疑ってみるという視座が、二十一世紀には求められるのではないだろうか。

そもそも『古今和歌集』を範と仰ぐ古典和歌においては、現実的な束縛を受けない抽象性・観念性・普遍性が求められていたわけであり、子規が短歌革新のためにそこに焦点を当てて攻撃したことは周知のことである。そこであらためて「抽象・観念・普遍」は如何なる意味を持っていたかについて考えてみたい。前項で述べた牧水や茂吉をはじめとする近代歌人が尊重する万葉集と、古今集の間には単純に歌集の成立時期で数えると約百五十年の隔たりがある。万葉集には見えない歌材が、古今集になって歌に詠まれることは少なくない。例えば日本的な花と思われがちな「菊」は外来なのであり、その歌は万葉集に一首もなく古今集になると巻五秋下に十三首の歌群を見出すことができる。『百人一首』にも入集している凡河内躬恒の「心あてに折らばや折らむ……」をはじめとして、紀貫之・友則などの歌も見えるが、やはりこの時代の歌の状況を知るには次の二首を欠かすことはできない。

秋風の吹きあげにたてる白菊は花かあらぬか波の寄するか　（二七二　菅原道真）

濡れてほす山路の菊の露のまにいつか千年を我は経にけむ　（二七三　素性法師）

道真に関してはいうまでもなく当代随一の漢学者であるが、歌の詞書に拠れば「州浜」に植えられた「菊に添えられた歌」とされて、「寛平内裏菊合」という初期の歌合行事に出詠した歌だということがわかる。よって「吹上の浜」という歌枕にちなんだ題詠歌であり、菊を浪に見立てているのは、「浪花」という漢語の翻案である。また素性法師の歌は下句で「千年の歳月を私は送ってしまったのだろう」というほどの意味を詠むが、「我」はもちろん法師自身ではなく、仙境で囲碁をしているうちに長い年月を過ごしてしまう人物が登場する漢籍故事の内容を典拠とし歌に仕立てている。やはりこの歌も題詠であり、「菊合」の「州浜」には歌枕や漢籍故事が「題」として提示されており、それを詠んだ歌を菊に結びつけて左右に並べて歌合の体裁をとったということである。こうした「内裏菊合」といった晴の行事において和歌を漢詩に匹敵した位置に据えるべく、漢詩的要素を受容し観念的な表現の和歌としたわけである。この素性法師には同巻に「龍田川に紅葉流れたる」構図の屏風を詠んだ次のような歌が見える。

もみぢ葉の流れてとまる水門《みなと》には紅深き波や立つらむ　（二九三　素性法師）

やはり屏風絵に基づく題詠歌であり、想像上の内容を詠んだものである。こうして具体的な晴れの場において、古今集前夜の宇多朝時代に素性法師のような歌人が漢籍を典拠として歌表現を展開していたことで、撰集の気運が高まったともいえる。万葉集から古今集への百五十年を考えたとき、漢詩文そのものが文学の表舞台に立っていたわけであり、それを和歌に転換しようとするには、漢詩文表現に見える観念性・抽象性を自ずと歌表現に翻案・移植するしかなかったという時代状況を考えないわけにはいかない。ある意味で外来文化を摂取・受容することで和歌に新たな道が与えられたということになろう。この平安朝和歌の百五十年を考えるとき、西洋文明を積極的に摂取・受容した明治維新から約百五十年、短歌革新という意味で現在は一つの節目を迎える時期なのかもしれない。「朗詠」「朗読」という意味においても、明治初期の歌人たちと現代短歌は大きく変質してきていることを重視し、歌の「よみ」に新たな視座をもつべきではないだろうか。

四、「短歌県みやざき」に向けて

二〇一六年十二月二十六日付宮崎日日新聞連載「海のあお通信」に俵万智が、伊藤一彦・坪内稔典とのシンポジウム（「ねんりんフェスタ」宮崎県・社会福祉協議会が主催する高齢者対象の短歌大会）の内容を受けて「短歌県みやざき」宣言を、といった趣旨の記事を載せた。毎年の「若山牧水賞」では時流に乗った歌人の方々が授賞式と講演に訪れ、県内の短歌人との交流も盛んだ。また「牧水短歌甲子園」の参加校も全国的に拡がりつつあり、県内の複数の高等学校においては出場熱も高く、若者の短歌への関心の高さも期待できる。それでは筆者はといえば、勤務先の大学学部で教員養成の任を負っているゆえに、やはり「短歌のよめる教員養成」をすべきと最近は諸々の活動をしている。もちろん従来から研究に取り組んできた古典和歌と漢籍との比較文学的研究を基盤としつつ、牧水との関連などにも深い興味を抱いている。本書で主に述べた歌の「朗誦性」において典型的な牧水歌「けふもまた心の鉦をうち鳴らしうち鳴らしつつあくがれていく」に詠まれる「あくがれ」の語の初出は、前項で言及した素性法師の次の歌である。

いつまでか野辺に心のあくがれむ花し散らずは千代もへぬべし　(古今集・九六)

今後も古典和歌研究と現代短歌、そしてまた学校現場の国語教育とが、「和歌・短歌リテラシー」構想を標榜し結びつくよう尽力したい。その発端として、本年（初出執筆時）二〇一七年十月二十一・二十二日には宮崎で「和歌文学会大会」を開催する。現代歌人と教育関係者と和歌研究者の前向きな交流の契機にしたいと考えている。筆者の中にある様々な糸が、宮崎の縁によって様々に実を結ぼうとしている。牧水と人と土地の縁に感謝。

第七章 牧水短歌を愛誦するための覚書
——歌の「拍節」を視点に

一、はじめに

近現代短歌史において、若山牧水の短歌は「愛誦性がある」と評価することに異論はないであろう。実際に牧水の著名な短歌をはじめとして、自身の中に「牧水の愛誦歌」をお持ちの方は少なくないと思われる。だが、「なぜ牧水の歌を愛誦するのか？」とか、反対に「なぜ牧水の歌は愛誦したくなるのか？（愛誦に適しているのか？）」という疑問に踏み込むことは少ないのではないだろうか。もちろん「愛することに理由はないから愛するのだ」という真理らしき物言いで過ごしておきたい向きもあるだろう。「感情」に関わる要素に「分析」を加えることは、偏狭な「理屈」になることも心得ているつもりだ。また、短歌の「韻律論」に与することも、出口の見えない不毛さの中に身を投じる危うさも理解しないわけではない。

かつて二〇一八年十一月十七日・十八日「若山牧水第十二回顕彰全国大会群馬県みなかみ大会」に参加した折、夜の部が「日本ほろよい学会」となり盛大な懇親会が「みなかみ町」の温泉ホテルで開催された。その席上で馬場あき子先生と話す機会を得たのだが、話題が「韻律論」になった際に、馬場先生は忌憚なく「あまり深入りすべきではない」といった趣旨のことを筆者に告げたのだった。たぶん牧水短歌の韻律がよいのは自明であるが、それを対象として解析するよりも、その「韻律のよさ」を継承すべく、自らのことばで韻律のよい歌を実作すればよい、といった趣旨の話をほろ酔いで交わした記憶として筆者の脳裏に刻まれている。それ以来、まさに「解析的」に牧水短歌の韻律には触れることを意識的に避けて来たところがあるが、昨今の世界で様々な「パンドラの箱」が開き、社会が予想もしない展開を見せる中で、この問題に可能な限り与してみようかと思い直すようになった。

以上のような意味で、まさに不毛で出口の見えない提唱になるかもしれないことを覚悟の上で、本章では牧水短歌を素材として「韻律」という総花的ではなく、「拍節」という視点に限定して「愛誦性」の要因の一部を明らかにしたいと思っている。併せて、私たちが短歌を「声に出して読む」ことの意義と解釈との関係にも言及することで、牧水短歌の愛誦性をさらに普遍的なものとする意図をもった論としたい。

二、牧水の歌が声でよまれる際の疑問

愛誦される牧水の代表歌といえば、次の三首となるだろう。

白鳥は哀しからずや空の青海のあをにも染まずただよふ
けふもまたこころの鉦をうち鳴しうち鳴しつつあくがれて行く
幾山河越えさり行かば寂しさの終てなむ国ぞ今日も旅ゆく

筆者は、学生らをはじめ教員研修や市民講座などでこれらの短歌を「声に出してよむ際にどうよみますか?」と問い、その場でよんでもらう機会をくり返し設けている。すると大抵、その場にいる人の八割方は「五+七+五（休）七+七」という「拍節」でよむ。ここで注意したいのは、「拍節」という視点である。

短歌の最重要な要素は「韻律」といわれるが、一言で「韻律」といっても複合的な要素がある。短歌のことば一音一音の性質、これを「音韻」といっておこうか、「aiueo」といった母音の要素が「アカサタナハマヤラワ」の五十音各行の要素と結合して作られる音、その音の響きと短歌表現内容との関係が論じられることは少なくない。口を大きく開けて発音する「ア段音」であ

れば「明るい」とか、口を細めて発音する「ウ段音」であれば「暗い」など、短歌で表現したい「イメージ」や「意味」に大きな影響を与えるものだ。もちろん個々の「音韻」のみでは測れない、三十一文字の宇宙での交響があることも自明である。いずれにしても「韻律」といった語から考える要素として「音韻」の問題は重要であり、「韻律」という語の「韻」の部分に該当する。

では「律」とはどういう意味か？「法律」「規律」などの語からして「さだめ・手本・はかる」などの意味が第一義的だが、漢和辞典の以下の項目に「音階・音楽の調子」という意味が掲げられているはずだ。「旋律・声律・調律」などの語彙は、明らかにこの意味の日常語である。「律」の語源からして「行（おこない）」＋「筆（ふで）」であって、「人間の行いの基準を筆で箇条書きにする」（『漢字源』学研）といったところから「秩序立てる」という意味も生じる。ここでは特に「筆で刻み付ける」という意味合いに注目すると、「秩序立てた拍節」という意味も見えてくる。

本章ではこの短歌の「律動＝拍節」を視点として、「韻律」の一要素を考えようとするものである。それでは牧水の愛誦されている掲載歌が、なぜ「五＋七＋五（休）七＋七」の「拍節」で声に出してよまれるのか？　その理由を考えることから始めよう。

最初に「拍節」の基本的な考え方を示しておこう。三十一文字が句切れごとに「五＋七＋五＋七＋七」と分割されることで、その言葉自体に日本語としての「拍」が生じるのである。簡潔に示すと左記のようになる。

五音　＋　七音　＋　五音　＋　七音　＋　七音
○○○＋○○○○＋○○○＋○○○○＋○○○○

原則として「五音＝三拍」「七音＝四拍」の拍節が生じるということになる。それぞれの「拍」の内訳から考えてみると、「二字音＝一拍」が生じると言い換えることができる。したがって、「五音」「七音」を精密に拍について割ると、「○○＋○○＋○休」（五音）・「○○＋○○＋○○＋○休」（七音）という構成になる。ここで注目すべきは、各句に生じる「休（音）」である。この「休（音）」と拍節数の関係によって、短歌の句切れが有効に機能するものといっても過言ではない。まず「五音」と「七音」の「拍節」上の大きな違いは、奇数（三）拍節（五音）と偶数（四）拍節（七音）になっている点である。数字上でも奇数は割り切れず、偶数は割り切れるのは自明であるが、割り切れない奇数拍節においては均衡を取るために「休（音）」の後に「仮の拍」が生じ「全休」とも呼ぶべき大きな「一拍分の休み」が生じることになる。したがって前掲の図式は「休（音）」を入れて、次のようにするのがより適切となる。

五音　　＋　七音　＋　五音　＋　七音　＋　七音
○○○（休）＋○○○○＋○○○（休）＋○○○○＋○○○○

偶数拍を持つ「七音」は、二句目と三句目のところで「五音」へと連接することで「休（音）」

もなく連続的に「六拍」まで続く構成になる。その後の「七拍目」には字数が「一文字」しかないため、言語上の均衡を求める作用が生じ事実上「一拍分」の「休（音）」が生じるというわけである。それに対して、下句の場合は、「七音（偶数拍）」の連続によって「八拍」構成となるので、均衡がとれて三十一文字の着地を取ることができる。こうした意味において、短歌を「拍節」という視点で考察すると重要なのは「五音+七音」「七音+五音」の関係であることが明らかになってくるわけである。上句にある第二句目「七音」が上下に連接する「休（音）」を持つ「五音」との関係によって、読む上で重要な「拍節」に影響を与えるという訳である。ここでようやく一般論としての「五七調」「七五調」に辿り着いたというわけだ。

先行文献による補説を加えておこう。短歌をはじめとする日本語の「律文」におけるリズム論でほぼ定説となっているのが坂野信彦の論であろう。その論の主要なところは『七五調の謎をとく・日本語リズム原論』（大修館書店一九九六年）にまとめられている。当該書の「短歌形式」（第二章「音律の実相」一二二～一二三頁）を引用しておく。

「短歌形式」とは、四・四・四・四・四の打拍を基本とし、五・七・五・七・七の音数を標準とする詩型である。

各句とも、基本的には八音分の音量をもつのです。そして各句とも、八音に満たないぶんの音量が休止枠となります。すなわち、三・一・三・一・一というのが休止の配分です。

＞＞＞＞　＞＞＞＞
○○○○×××　○○○○○○○×
＞＞＞＞
○○○○×××
＞＞＞＞　＞＞＞＞
○○○○○○○×　○○○○○○○×

当該書には段階を追って詳細に「日本語リズム原論」が詳説されているが、「七音と五音だけが、定型の音数たる資格を持つことになるのです。けっきょくのところ、七音と五音の優位性をもたらしているのは、たった一音ぶんの休止なのでした。」として（第一章「音律の原理「7、七音・五音の必然性」八五・八六頁）「一音ぶんの休止の効能」を次のように整理している。

一、句に変化とまとまりをもたらす。
一、リズムの歯切れをよくする。
一、句をつくりやすくする。
一、打拍の破綻を防止する。

坂野の論が示すように、言語上において厳密に考えれば、各句に「休止」が五音に「三」七音に「一」ずつあると説明されている。これは「字余り」の短歌を批評や実作をする際に、問題なく許容される場合の根拠にもなるだろう。また「八音分の音量」があるにもかかわらず、なぜ短歌は「五音」と「七音」が交代するように組み合わされているのかについても、坂野の著作では丁寧に説明されている。特に「短歌形式」について述べた次の部分は、本章のこれまでの記述の前提となるものと思われるので、引用をしておくことにする。

五・七・五・七・七がたんなる音の断続から律文へと高められるのは、〈地〉としての拍節的な打拍の進行によるものです。また、単調な四拍子の拍子進行が変化に富んだリズムへと高められるのは、五・七・五・七・七という〈図〉によって拍子が模様化されることによるものなのです。

（第二章「音律の実相」「5短歌形式」一二七頁より）

現在、一般の人々の多くが牧水の名歌たる掲載歌を、まずは疑いもなく「五（休）＋七＋五（休）七＋七」の「拍節」で読むのは、あまり意識しないでも感得しやすい「五音」の後の「休（音）」（坂野の論で三音分あるという）のみを活かし、短歌を「散文」とは違う「韻律」のある「律文」として、「韻」の各文字の「図」を、「律」として「地」とされる「拍節」の「打拍」を再現しようとして読もうとする作用である。この「律読」という方式において、特に近世から近代以降に定着し浸透したものが「都々逸」の方式であるとも坂野の論にある。特に「実音群の中途に休止を入れないのが原則」であるとし、「七音句の一音ぶんの休止は冒頭か末尾に置かれ」（坂野1996第三章「音律の源流」「1、都々逸と律読法」（一五六頁））るもので、「五音句の三音ぶんの休止はすべて実音のあとにつづけられる。」（同前）というものである。

この「律読法」が採られると、短歌形式ではとりわけ「七音句」の上にある「五音句」の後に「四音二拍」ぶんの大きな「休（音）」が生じることになる。初句の「五音句」はまだしも「律動」が発し始め以後に続こうとする作用から小さめの「休（音）」で第二句の「七音句」に連接していくが、第二句の「七音句」は「休（音）」を冒頭に上げて「（初句）五音句」の「休（音）」と融合させて消化するため、第三句目の「五音句」への連接で切れる力が生じないことになる。下の句の「七音句＋七音句」においても、それぞれが冒頭と末尾に「休（音）」を置くので連接しながら結句を迎えるというわけである。

こうした近世以降近代の時代相に影響を受けた「都々逸読み」の原則の影響もあって、短歌の読み方も「上句＋（休）＋下句」という読み方が一律であるように定着していくことになるようだ。坂野の論においても、さらに和歌・短歌の歴史的変遷に言及して詳細に論じる部分はあるが、ここではまず現在の状況の中で一般の人々の多くがなぜ短歌を疑いもなく「上句＋（休）＋下句」という「律読」をするのかという問題の要因として、この点のみを引用し指摘しておきたい。

併せて、他の諸要素についても考えておこう。古典和歌の代表格を『百人一首』とする傾向も強く、そのカルタをする際の「読み札」の朗詠の方法が、「取り札」に「下句」があることから、「上句（五＋七＋五）」まで読んで間をおいて、その後に「下句（七＋七）」を読むことが恒例となったことから、和歌は「上句＋休＋下句」で読むことが常識であるかのように一般化した影響も大きいのではないかと考えている。また、世間では「短歌」と「俳句」という似て非なるものを混同する向きも甚だしいが、「俳句」の場合は短歌の「上句」に相当する部分が全てなので、むしろ前述した「休（音）」をさらに活かした韻律を旨とする短詩系である。よって「切れ字」や「句切れ」という点に大きな焦点が向けられ、一句が句切れて「二句」となり、相互の響き合いによる世界観を描くと概説できようか。この「句切れ」を旨とした「俳句」を読む「拍節」が、やがて川柳や交通標語などに援用されることで、世間一般には「五音（休）＋七音＋五音（休）」という拍節が常識であるかのようになり、それが短歌も同様であるというように広まったことによる影響も少なくないと考える。だがしかし、前掲の牧水名歌のどれを取っても、「俳句」由来の「拍節」で読んでは、その真の味わいには至らないということをここに断言しておこう。

三、愛誦歌の「拍節」――『サラダ記念日』の秘密

二〇二一年（令和三年）の時点で、日本で一番愛誦されている短歌は何だろう？ 歌人や短歌実作者のみならず、世間一般を対象としたときに、たぶん俵万智の次の短歌が、三十一文字すべて

愛誦できる人の多い割合が極めて高い歌なのではないだろうか。

「この味がいいね」と君が言ったから七月六日はサラダ記念日　（『サラダ記念日』より）

誰しもが親しみのある日常語であるとともに、あまり「五七五七七」を意識せずとも読める点が人口に膾炙した大きな要因であろう。何も言わずに学生らとこの歌の話をすると、「五七五七七」の形式から逸脱しており「字余り」なのではないかと思い込む者がいるほどに、従来の「形式」の鋳型に固められた短歌との差を感じる者も少なくない。小学生などの初心者が短歌実作をする際に、「五・七・五・七・七」を指折り数えてことばを当て嵌めようとする感覚では成し得ず、反転してあくまで日常語にこそ「五音・七音」構造のことばのリズムがあることを実作面で叶えた革命的ともいえる短歌である。

とすれば、この歌を多くの人々が愛誦する要因は何だろうか？と考えたくなる。短歌の「韻律」の要素を考える際、前項で述べたように三十一文字の個々の字音がもつ要素に注目することは少なくない。掲出歌に関していうならば、随所に配された「濁音の効果」とともに、俵万智自身が語の選択の根拠として言及する「七月」の「し（si）」、「サラダ」の「さ（sa）」というサ行音の響きが効果的である指摘が既に多く為されている。本章では副題に示したように、「韻律」という要素の中でも「拍節」を視点としての論考であるゆえ、この歌を読む際の「拍節」の働きを考えてみることにしたい。

「この味が　＋いいね」と君が＋言ったから　＋七月六日は＋サラダ記念日

（〇〇〇）（半休）＋（〇〇〇）　＋（〇〇〇）（全休）＋（〇〇〇〇）＋（〇〇〇〇）

右記のように、日本語が持つ「拍節リズム」を表示してみると、多くの人がこの歌を一定の「拍節」で声に出して読むだろう。（もちろん黙読でも同じ「拍節」によって脳裏で読むはずである）「拍節」を意識すると、同じ「が」の音が初句・二句目の末に重なっているのだが、「拍節」に（半休）があるところの「が」と、休音がないところにある「が」では「韻律」上において異質なものと考えた方がよいようにさえ思う。「この味が」の「が」はまさにアナウンスの際の「鼻濁音」として（半休）の中で鼻に息が抜ける趣である。この歌の「拍節」は「この味がいいね」〇〇〇＋〇〇・半休）と連続的に「散文読み」をすると、自ずと「半休」はカギ括弧の後に移行して読めるという、声に出す際の多様な読み方へと誘導する構造も持っている。言い換えるならば「この味が」の「が」は現実の会話文ならなおさら省略可能であるが、「君が言ったから」の「が」は短歌表現上としても省略することはできない。などと考えると「いいねと君が」は、一気に「言ったから」という強い動詞に連なることと相俟って、やや強調されるように読んでも違和感は少ない。「イ音」と「カ音」の絶妙なくり返しが、「拍節」を押し出してくる感覚を読んでいて抱かせ

176

るのである。下の句の方では「四拍節×2」で偶数拍となり余りがないことから、安定したくり返しを導き名詞の連続という語の構成を引き立てている。読者諸氏におかれては、試しに手で拍を打ちながらこの短歌を音読してもらいたい。手で打つ拍を、両手を開いた状態でいったん止める動作が（半休）（休）の位置で実感できると思われる。この「拍節」が日本語として心地よく感じられるのが、短歌を七五調で読ませる大きな要因となっている。反転して述べておくならば、近代以降の短歌でほぼ一様になり人口に膾炙している「律読法の型」を、意識せずとも読めるように日常語で組み上げた絶妙な「拍節」構成の短歌であるともいえるだろう。一見、「散文的」に見えてしまう語の選択が実は巧みに「拍節」の形式に共鳴し合い、一首の親しみやすさを醸し出しているといえる。『サラダ記念日』が歌集として空前のベストセラーになったのは、こうした「拍節」の一般への浸透という要素を実に巧みに演出したことも大きな要因といえようか。

次に同じ『サラダ記念日』の次の歌について同様に考えてみよう。

「嫁さんになれよ」だなんてカンチューハイ二本で言ってしまっていいの

前掲歌との外見上の共通点は、歌の最初にカギ括弧が付されており、創作主体に向けられた相手の述べた口語（しゃべりことば）から始まるということだ。またその「君のことば」が「句割れ句跨り」となり、第二句目へ連接しカギ括弧外の歌の語りに戻るという点にも注目しておきたい。

こうした共通点が指摘できるが、「拍節」という視点でみると明らかにこの二首には違いがある。

「嫁さんに＋なれよ」だなんて　＋カンチューハイ＋二本で言って　＋しまっていいの
（○○○）　＋（○○○○）（休）　＋（○○○）　＋（○○○○）（小休）＋（○○○○）

たぶん多くの方がこの歌を声に出して読む際に、「休（音）」を右記のように入れて読むのではないだろうか。前項一で指摘したように、牧水の代表歌ではあまり疑いもなく「上句＋（休）＋下句」と読んでいた向きも、この『サラダ記念日』の歌を「三句切れ」を適用して読む人は少ないのではないかと推察する。このあたりに、俵万智という歌人の文学史的変革ともいえる要素が垣間見える。つまり「二句切れ」で読んで欲しいと思われる歌を、語の選び方と配置や「句割れ句跨り」を駆使して、見事に読者に読ませる短歌となっているということだ。かの石川啄木も「三行書き」という明らかな「改行」を以ってして読者に示した短歌の「句切れ」＝「拍節リズム」を、俵は直立した一行で成し遂げているという訳である。実に簡潔な物言いをするならば、「この味がいいね」の歌は「七五調＝三句切れ」で読めるようにできており、「嫁さんになれよ」の歌は「五七調＝二句切れ」で読めるように短歌そのものが読者に求めるようにできているのだ。石川啄木と近代短歌のあり方をともに議論した牧水も、たぶんその作品の中には「韻律（特に拍節）」を読者が意識できるような思いがあったはずだ。前項一の掲載歌「白鳥は哀しからずや」

では、「や」という俳句でいうところの「切れ字」を入れていることを読み取り、「ここで立ち止まって詠嘆を響かせよ」という一首の拍節リズムを感得する必要があるだろう。だが前述したように、文語となっては現代の読者の多くがその仕掛けに気づかなくなってしまっているということだろうか。

話題を『サラダ記念日』掲出歌に戻そう。本稿で述べて来た「拍節」について、この歌を声に出して読むことで起きる「律動」を「休（音）」に注目して考えてみよう。

「嫁さんに　＋なれよ」だなんて＋カンチューハイ＋二本で言って＋しまっていいの
××（〇〇〇）＋×（〇〇〇〇）×　＋××（〇〇〇）　＋×（〇〇〇〇）×＋（〇〇〇〇）×

前項で引用した坂野の論に示された「八音ぶんの音量」を掲出歌に割り当てると右記のようになる。初句・二句の「句割れ・句跨り」が有効に作用し、初句の後に置かれるはずの「休（音）」が歌の冒頭にくり上がる。もしこの歌の意味までもがこの「拍節」に影響を与えているとする仮説で述べるならば、急なプロポーズのことばである「嫁さんになれよ」という命令形を受け止める側の創作主体が一瞬戸惑って、「えっ?・」というような無言の表情を浮かべた場面寸劇を想定するとよい。「拍節」的な物言いならば、一つ掌を打って「えっ?・」というほどの間である。「律動」が「解釈」に影響を与えるものだとすれば、読者はこの歌の場面において創作主体の「驚き」にも寄り添って歌を享受していることになる。さらに言うならば、「だなんて」と「カンチューハイ」の間にも、「ちょっと（待って）？」というほどの場面寸劇的な台詞が挿入されてもいいかもしれない。掲出歌は、このように歌の意味と「拍節」が密接に相互補完することで、稀代の名歌となったといってよいかもしれない。

奇しくもここで取り上げた二首は、当該歌集の代表歌といってよい。指摘したように初句からカギ括弧で口語表現が示される親しみやすさとともに、短歌一三〇〇年の韻律（特に拍節要素）の多様性を読者に示したという文学史的な意義を評価すべきではないだろうか。特に「嫁さんになれよ」で示される「五七＋五七＋七」という拍節リズムは、『万葉集』以来の基本的な「和歌の拍節」といってもよく、それが口語表現で再現され現代人が親しみを持つ効用は実に大きいのではないかと思われる。このような意味で、『サラダ記念日』の代表歌二首について、「七五調」と「五七調」の典型的な拍節リズムの例として、現代短歌に親しむ人々が、意識的に声に出して享受すべきではないかと考えている。

四、牧水歌の拍節再考

前節までに「拍節」を視点としながら牧水歌と俵万智を例に、わたしたちが声に出して読む際の「韻律」における閉鎖的で一律であることの疑問を述べ、特に俵万智の場合は短歌のことばが読者の「律動」を先導する要素があることを述べた。それでもなお「五七五七七」＝「三十一文字」の「形式」は一様であると考えたいのが、短歌に向き合う際の心もちであろう。となればやはり、古代の和歌まで遡り「形式」の「原理」を知っておきたくなる。前掲・坂野（一九九六）では、「第三章『音律の源流』『7、和歌形式の成立』」において「すべての和歌形式に共通する発生原理」（二五〇頁）として次のような式を示している。

「（5＋7）×n＋7」

この「形式」を原理とすれば、〈片歌形式〉〈旋頭歌形式〉〈長歌形式〉のいずれも説明ができるわけで、その上で〈短歌形式〉について次のように説明している。

一五〇〇年にわたって和歌の、というより日本古典文芸の王として君臨してきたのは、〈短歌形式〉でした。短歌形式は、片歌形式ともちがって持続性があり、旋頭歌形式とちがって統一性があり、長歌形式とちがって長さが一定していました。「五・七」の最小限の反復からなる、適当にコンパクトな形式。それが短歌形式なのでした。（坂野 一九九六・二五一頁）

この「原理」に従うならば、我々が意識する「現代短歌の形式」も「五・七」を「最小限反復」

と捉えて考えるべきではないか。もちろん近世後期から明治期にかけての旧派・新派の様々な和歌短歌論争の上で考慮すべき点があることも踏まえている。それにしても明治三十年代から四十年代以降の現代短歌の「読み方」(＊あくまで一般の読者が声に出して読む際の「拍節」について限定)が、一様に「五+七+五(休)七+七」という「上句と下句分節読み」のみに偏り続ける要因を考えておくべきではないだろうか。

坂野(一九九六)の指摘に基づき、前節の俵万智『サラダ記念日』の二首の代表歌について、別な視点から「拍節」についていま一度見ておくことにしよう。二首の結句の語構成に注目すると次のような違いがある。

(三音)+(四音)

……………サラダ+記念日

(四音)+(三音)

……………しまって+いいの

これも特に意識をしなければ見過ごしてしまうことだが、結句「七音」の語構成の問題が特に古典和歌の上では重要であったという指摘である。特に坂野(一九九六)では「第三章　音律の源流」「3　四三調結句忌避」の節で、『古今集』以後の古典和歌において「四三調結句」が忌避される傾向が表われ、明治以降に『万葉集』の影響が大きくなるにつれて、「四三調結句」の短歌も増えて来ることを詳述している。同書では俵万智『サラダ記念日』における「四三調の出現率」にも言及され（坂野 一九九六・一九七頁）「三三五％」という調査結果が示されている。本章で述べて来た内容に即すならば、「嫁さんになれよ」の歌が、口語表現でありながら「五七調」という「拍節」を一般読者が声に出して読む際に自然に希求することと併せて考えてみたい。『万葉集』における歌体の多様性の中で、「（5＋7）」が原則となることは前述した通りだが、「四三調結句」もまた『万葉集』に多く見られる「拍節」である。掲出歌はさらに「二本で 言って／しまって いいの」と「句割れ句跨り」として、「五七＋五七＋七」と結句が孤立しそうになるものを、ことばの連綿で繋ぎ止める巧みさが加えられている。これによって「五七調拍節」を示しつつ、決して『万葉集』のような古代の響きにはならない現代短歌としての自立までもが読めるのである。話題は再び俵万智の例歌に言及することになったが、「四三調結句忌避」が明治の一定の時期以降に解消していく要因を坂野（一九九六）では次のように述べている。やや長いが重要な指摘として引用する。（同書一九七〜一九八頁）

王朝和歌の基盤が崩壊したのはなぜでしょうか。歌を披露（発表）する場の変化ということも影響したでしょう。活字本としてひろく流布しはじめた『万葉集』の影響もあったでしょう。しかし、もっと本質的な理由はなかったでしょうか。

思うに、黙読の習慣化ということが決定的な要因だったのではないでしょうか。それは活版印刷の普及という社会現象にはじまります。明治十年代にまず新聞や雑誌が木版から活版への切換えをはじめます。戯作などの単行本もこれにつづきます。読書のスピードがいっきょに上がり、それにつれて「声」が脱落してゆきます。「声」の脱落によって、読みのスピードがさらにアップされます。この黙読の能力をいちはやく身につけたのが、当時「書生」とよばれていた学生たちだったのです。

和歌もまた活版で印刷されはじめました。活字となった和歌が、はたしていつまでも声をのばして読唱されつづけるでしょうか。やがて和歌も活字の読みものとして、黙読されるようになっていったはずです。そのとき、王朝和歌の律読方式に代わって、おのずからドドイツ方式が採用されることになった、というわけでしょう。すでにこの新方式による音律は日本人の「内在律」にまでなっていたのですから。

こうして、おそらく古典的律読法の最後の砦であった和歌も、ついにドドイツ方式で読まれるようになっていったものと考えられます。

＊補　説

「ドドイツ方式」とは、坂野（一九九六）において、次のように説明されている。「都々逸形式は七・七・七・五を『三・四、四・三、三・四、四・一』というかたちに構成する約束です。構成するといっても、そのようなかたちに読めばよいのであって、表現じたいをそのように構成する必要はありません。」（第三章「音律の源流」「1、都々逸と律読法」一五八頁）特に「三・四、四・三」という「七・七」形式の特徴は、「十四音全部が休止なしに連続すること」（坂野（一九九六）前掲一六〇頁）であり、その「連綿とした調子よさが人気の秘密となっているのでしょう。」と指摘されている。また同書では「近世小唄形式」との影響関係も論じて、次のようにも述べている。「冒頭でつまって、はじかれたように勢いづいて、十四音が拍節を越えてうねりながらつらなります。そしてまたつまって勢いづいて、音がうねりつらなって十二音めまできたところで、急にストンと落着してしまいます。——おどけた調子で口ぜわしく、うねうねとして落ち着きがなく、ついには勢いあまってつんのめる。このひょうきんな音律が、民衆の卑俗な艶情や世態をおどけて表現するのにうってつけだったのです。文芸としての都々逸をも生み出した近世小唄形式は、こうして国じゅうにひろくふかく浸透してゆきました。」という指摘もある。明治以降の一般的な「律読方式」としての「都々逸」に対して、和歌・短歌の繊細な韻律との格闘がありながら、黙読の一般化により短歌においても「都々逸方式」が導入されていることに対して、短歌に関わる者としてあらためて自覚的になるべきと考える。

ここでようやく牧水の短歌に帰着できそうだ。前述の坂野（一九九六）で示された見解は、これまで筆者が（註1）諸論考で牧水短歌について検討して来た内容と合致する。明治期に和歌から短歌が黙読される傾向が強くなる中においても、牧水は朗詠を基盤として「聲」による「律動」や「響き」のある短歌を創作し続けたといえるであろう。第二節の掲出歌においても「五七」を基盤とする「拍節」によって声で読まれることではじめて、その真価に触れることができるだろう。基本的な「律読」の図式は以下の通りである。

＊「(5+7)×2+7」
五音+七音　五音+七音　七音
××○○○×+○○○○×／　××○○○×+○○○○×／　○○○○×

白鳥は+哀しからずや／空の青+海のあをにも／染まずただよふ
けふもまた+こころの鉦を／うち鳴し+うち鳴しつつ／あくがれて行く
幾山河+越えさり行かば／寂しさの+終てなむ国ぞ／今日も旅ゆく

本章の流れで述べるならば、俵万智の「嫁さんになれよ」の「律動」によってこの三首も読むのが声で読む上での要点ということになる。もちろんあまりにも著名なこの三首においても、「律動」の目安となる記号があることを忘れてはならない。

「白鳥は」の一首では、「五・七」の「七音」の最後に「や」を置いている。句切れに短詩系としての特徴がある俳句では「切れ字」とも呼ばれ、「律動」を自ずと「切る」役割を果たす。同時に「四・一、五・一・二」で「七・五」を構成していることも、二句目で止まる作用に貢献している。さらには「空の青海のあを」の「三・二、三・二、十二」という「五・七」の構成は、「五・五十二」という対句的構成として並列・連続して読まれるべき「律動」に導かれる。結句は独立して「白鳥」が置かれるべき場所について普遍的に「染まずただよふ」としてゆっくりとした「律動」を求める仕組みである。結句「三・四」の構成は旧来の和歌由来の落ち着きをもって着地する「律動」で締め括るのである。

「けふもまた」の一首では、「くり返し」の「律動」が特徴的であり、「けふも（三）・また（二）＋「心の（四）・鉦を（三）」という「五・七」において、「頭重＋尾軽」な構成で前に進むかのような「律動」へと導く。さらに次の「五・七」では、一転して「うち（二）・鳴し（三）」がくり返され、後半を重くすることでブレーキを掛けるような趣の「律動」が生じる。その摩擦があたかも一歩一歩を先に進めるかのような「熱量」を生じさせるような働きを担う。もちろん「五・五」＋「二」で受ける「つつ」は同音反復の助詞であり、連続性に貢献する「律動」へと導く。結句は「あくがれて（五）・行く（二）」という構成で、第四句までで生み出された力を抑え込むように、「あくがれて」というインパクトある語を使用しつつ、「行く」という二音で収束するかのように止める構成となっている。前掲「白鳥は」の歌と同様に、「五・七」の第三・四句目において、「対句」「くり返し」という構成をすることにより、「五七」形式を基調とする「律動」を読者が声で読む際に求める記号として埋め込んでいるといってよいだろう。

「幾山河」の一首では、初句を「いくやまかわ」と六音の「やまとことば」で読むことでいささかの停滞感をもって「越えさり行かば」の「七音」へと連なっていく。前節などで論じた「休（音）」の問題からすると「初句五音」には「三休」があると考えてもよく、六音の初句は問題なくここに収まることになる。だが、「三休」のうち一つを消費したことで、歌を声で読み続けるエネルギーからすると二句目「七音」までで息切れがすることになってしまう。「七音」の最終に「ば」という濁音を記号として置くことで、ここで息継ぎをすることを声で読む読者に求めることになる。これは「第三・四句目」の「五・七」において「終てなむ国ぞ」という形で「ぞ」が置かれることで、「五・七」の律動を求める記号であることが確認できる。結句には、ここで取り挙げた三首にいずれも該当する普遍的な内容を表現する「七音」が配置され、「今日も（三）・旅行く（四）」という着地を見せる。精密に見れば「旅（二）ゆく（二）」とも語分割は可能であり、「あくがれて+行く」と同様な「行く」という最終の韻律が歌全体の「律動」を、普遍的な永遠へと解放するとも読むことができよう。

五、むすび

ここで注意しておきたいのは、前述したような「律動」に導く短歌の「構成」「記号の埋め込み」と記したことは、牧水の自身の「意図」と短絡的に繋げて考えるべきではないことである。あくまで朗詠をはじめとして「聲に出して歌を創る」牧水の作歌姿勢そのものが成し得た「律動」を、一つの解釈に則って分析的に批評した結果であることを念頭に考えておきたい。また本章でいうところの「代表歌三首」は、周知のようにいずれも第一歌集『海の聲』所収歌である。初期の作歌活動から生涯の牧水の歌を見渡せば、もちろん様々な「律動」の歌が存在する。ただ人口に膾炙したこの三首が、偶々「五七」を基礎とする短歌形式の根源的な方式に則って作歌されていると読めるということには、十分に注意をしたい。

第六歌集『みなかみ』のこれも著名な巻頭歌。

ふるさとの尾鈴の山のかなしさよ秋もかすみのたなびきて居り

あきらかに「五・七・五（休）＋七・七」で読むべき歌である。つまり「の」の連接の箇所では、どうしても「律動」も切ることはできない。この歌の朗詠が為される際に、他の歌よりもその響きが流暢に聞こえるのは、「の」を引き延ばして朗詠する作用とともに、現代人が耳慣れた「七・七／七・五」を基調とする響きが部分的に再現されるからではないか。朗詠の節にも様々な由来があり、その基調が「五七」「七五」「七七」にあるかなどを意識して聴く必要もある。

牧水没後の第十五歌集『黒松』において、「最後の歌」二首のうちの一首。

酒ほしさまぎらはすとて庭に出でつ庭草をぬくこの庭草を

「酒ほしさ」という初句「五」は、第二句「まぎらはすとて」に連なる。第三句目「庭に出でつ」の「六音（字余り）」は、先の「五・七」にも後の「七・七」にも連接しがたいように腰の句（第三句目）において独立するかのような響きを読める。牧水にとって「庭に出でつ」という行為そのものに、大きな「生きる意味」があるかのようだ。第三句目以降の「庭」の語の三回のくり返し、それは牧水の作歌時点での「息苦しさ」にも読めるとともに、「庭草をぬく」という動作のできる自身の生命たる身体性の確認でもある。

「拍節」そして「律動」という観点からいま一度、牧水の多くの歌を読み直してみる必要があるのではないだろうか。牧水歌の愛誦は、私たちにとって永遠のテーマである。

（註1）本書序章（初出）「牧水の朗誦性と明治という近代」『牧水研究』（第二十号　二〇一六年　牧水研究会）などをはじめとする本書諸論考

終章

「牧水短歌の力動を読む」伊藤一彦×中村佳文

第六十九回牧水祭　対談

二〇一九年九月十七日㈫・於：日向市東郷町坪谷牧水公園「ふるさとの家」

はじめに

伊藤　みなさんこんにちは、牧水祭にようこそお出でくださいました。牧水没後九十一年、あらためてこの九十一年間の日本を思いますね。昭和三年から終戦までの十数年間、それから、戦後の時代・平成の時代・令和の時代、牧水は四十三年でしたけど、牧水が生きた時代より長い時間が流れています。牧水は忘れ去られるどころか、いよいよ熱心に読まれて多数の読者を獲得しているところが凄いなあと思います。死後、忘れられていく文学者も多いですが、それは牧水作品に新しい読みが可能だということで、今日は中村先生が来てくださって、牧水の新しい読みを、しかも現代的な読みをしてくださるということで、楽しみにしております。中村先生、よろしくお願い致します。

中村　よろしくお願い致します。

伊藤　先生のプロフィールは、資料に出ておりますが、宮崎にお越しになったのが二〇一三年？

中村　十三年です。七年目になります。

伊藤　早稲田大学大学院の博士後期課程を出られて、資料に書いてあるように、ご専門は古代和歌の和漢比較研究・近現代短歌・音声表現等で、先生のご著書が書いてあります。なんといってもですね、宮崎にはみなさんご存知のように、文学部がないんですね。それが宮崎の明治以降の文学研究・文化の発展に非常に不利に働いたところがあります。その中で宮崎大学教育学部に良い先生が何人か見えて、それぞれの研究をなさいました。中村先生はそういう意味では、一番来て欲しい方に来ていただいた。ご専門からわかるように和歌文学・短歌文学の研究を長くやってみえて、その先生が牧水に魅力を新しく感じるという、我々にとってはこんなに幸運なことはないんです。先生、宮崎には数年住んで来られて、宮崎県全体の印象というのはどうですか？

中村　穏やかさと自然の豊かさと、生活そのものに大変に愛着を覚えております。故郷は新しく作るものだ、と伊藤先生がよく書かれておりますが、そんな気持ちをもって日々の生活をしております。

伊藤　先生は東京の田端のご出身、その田端というのは文化・文学の豊かなところなんですよ。

その話も時間があればお聞きしたいのですが。それとこんなことを言っていいのかな？　宮崎の女性と結婚しまして、宮崎に住まいもつくられまして（会場：拍手）、本当、ご両親が宮崎に移り住まれた（会場：拍手）。なんとありがたく嬉しいことか。こんな文学研究者が、牧水研究者が、牧水ファンが宮崎にこういう形で宮崎に住まわれている、こんな嬉しいことはないですよね。牧水さんに代わってお礼が言いたいです。その奥様もお母さまも先ほどから、牧水祭に参加されておりまして、先生のお人柄、温かさを感じるところです。最初からプライベートなことを申しまして申し訳ない……。

中村　ありがとうございます。

伊藤　ありがとうございますと、先生おっしゃってくださるとはよかったと思います。もう一つ、牧水の話に入る前に、先ほど牧水短歌甲子園の話が出ましたが、実は主力はそのＯＢ、ＯＧが参加している宮崎大学短歌会なんです。その宮崎大学短歌会を作られたのも中村先生なんです。先生まずその宮崎大学短歌会の話をしてくださいますか。

中村　はい。もうかれこれ三年前になりますか。最初は私のゼミの何人かがちょっと短歌をやりたいということで、機会があって、それは牧水短歌甲子園の類似的な機会が宮崎市内であって、それにかなり強引に参加したんです。それからゼミ生たちが短歌をやるようになって、そうこうしているときに牧水短歌甲子園に出場して健闘した宮崎西高校などから卒業生が大学に入学してきて、もちろん短歌会に来てくれました。今は十数人の会員がおりますが、今年の三月は単独チームで初めて全国大学短歌バトルに出場を果たしました。全国で八チームしか出られないんですが……。

伊藤 ちょっと僕からも。『短歌』という雑誌を出している角川書店がありますが、高校生の短歌甲子園的なものは、日向と高岡と盛岡で三つやっています。その彼らが大学生になっても歌を作り続けるようにと角川書店が、大学短歌選手権をやっています。なかなか予選が厳しくて出場できないんですね。そこに宮崎大学短歌会が出場したんです。

中村 その評価とか批評の中にも、「素朴な歌が多く文体の骨格がしっかりしている」という評があって、大変に宮崎の風土というか基礎的なところをよく表わした歌をうちの学生たちは作っているんだとあらためてその場でも感じました。そういう力づよさで宮崎を代表して、岡山大学・東北大学・早稲田大学短歌会など強豪が多くいるのですが、そこに分け入って東京の会場で全国大学短歌バトルにも参戦してきました。そんな状況で、学生が頑張っています。

伊藤 これは中村先生が宮崎大学に見えなければ始まらなかったことです。嬉しいことに学生時代に短歌を作っただけでなくて、その後、大学を卒業した後も短歌を作り続けているというわけです。牧水も延岡中学校時代に短歌を始めて、早稲田大学でさらに本格的にやって、歌を作り続けたんですけれどもね。まさに牧水の後輩たちで、実に頼もしい。今は短歌は高齢者も盛んですが、若い人もすごく盛んですね。やはり短歌は千三百年の歴史を持っている。そういう凄さがありますね。それをこれから中村先生のお話を伺いながら考えていきましょう。先生、今日の夕イトルですね、これは先生が付けられたタイトルなので、まずタイトルのことについてお願いします。

中村　「牧水短歌の力動を読む」としましたが、朝から何人かの方から「力動」が、市長をはじめ気になるらしく、ここをお尋ねいただきました。なかなかあまり使わない言葉なんですね。むしろ「ダイナミック」といえばよく使われる言葉だと思います。その「ダイナミック」の翻訳語で、あまり一般の言葉ではないです。辞書など引くと「力動風」などもあり、「能楽の鬼の風体」ということで「力強く荒々しく舞う」、そんな意味が辞書には出てきます。意外と我々は「ダイナミック」とはよく使うけれど、それがどういうことなのか？　その内実がよくわからないで使っていますよね。このへんも、やはり明治・大正・昭和・平成・令和と百五十年ほどの言葉の変遷として、明治に翻訳された言葉、あるいは翻訳するために作られた漢語などをもう一度見直す上では、牧水の歌はとても意味があります。「ダイナミック」「ダイナミズム」ということを見直したいということで、敢えて「力動」という言葉を使った次第です。身体性があるとか動きがあるとか、力強さがあるということなんですが、果たして「力強さ」とは何なのか？　今日は読み解いていきたいと思います。

伊藤　資料項目に従って進めたいと思いますが、その前に宮崎に来る前の牧水作品の印象はどんなものでしたか？

中村　私も早稲田の出身で、伊藤先生の後輩になるわけですが、やはり牧水は好きな歌人の一人でしたね。先ほど、プロフィールの中の「生まれが田端」ということを仰っていただきました。「田端文士村」というのは私の実家のあったところ、あるいは私の生まれた産院のすぐそばに歌人の「太田水穂邸宅跡」があったということで、子どもの頃から街の見取り図にここは「太田水穂邸跡」と書いてありました。それで妙に気になっていたのですが、これは牧水が妻・喜志子と出逢うきっかけになる……。

伊藤　牧水が喜志子と出逢ったのが太田水穂の家なんですね。喜志子は長野出身で、水穂も長野出身で、喜志子が太田水穂の家に行っている時に牧水と出逢ったんですね。

中村　太田水穂の歌集は子どもの頃は手元にありませんでしたが、大学ぐらいになって読んで、とても気になる歌人でした。たぶん、私が生まれた土地あたりの近くを牧水は歩いていたんじゃないかと、あらためて……。

伊藤　巣鴨に住んでいる時期が長くありましたよね。

中村　宮崎に来る直前は、巣鴨・大塚に私も住んでいましたので、とてもゆかりのある地、東京に牧水が住んでいてゆかりのある地あたりに生まれ育った。何かとても深い縁を感じています。

沁む・誦し・ひびき（Dynamic＝力動）

伊藤　それでは時間に限りがありますから、一番目の項目「『沁む』『誦し』『ひびき』――ダイナミック力動」とありますが。ここからお願いします。

中村　歌の中から「沁む」「誦し」「ひびき」というところを抜き出しているのですが、資料の一首目をご覧ください。

酒の毒しびれわたりしはらわたにあな心地よや沁む秋の風　（『海の聲』）

最初から酒の歌で申し訳ありませんが、やはり牧水ですから。「酒の毒」と大変に鮮烈な初句から入っている。それが「しびれわたりしはらわたに」と、お酒好きな方も多いと思いますが、この感覚はおわかりでしょうか。「あくがれ初留取り四十二度」なんかを凍らして、グッといきますと「はらわたにしびれわたりし」という感じになりますが、身体に「沁みわたる」、さらに「あな心地よや沁む秋の風」と「秋の風」が肌に沁みるというんですね。こういった身体性、身体で力をもって受け止めるような、さらにいえば言葉の響きとしてうまく表現している歌であると思います。酒の歌というと伊藤先生の資料にもありますが、「白玉の歯にしみとほる」とか「それほどにうまきかと人の」など有名な歌もありますが、そんな著名の歌に反してというか、冒頭にこんな酒の歌を挙げました。

二首目です。

わが旧《ふる》き歌をそぞろに誦《ず》しをればこころ凪《な》ぎ来ぬいざ歌詠まむ　（『山桜の歌』）

牧水は大変に朗詠が上手かったというのは、周囲の人々が書いているものから明らかなんです。ただ残念ながら牧水自身の録音は残っていない。本当にこの声が聞きたいと、私はこの（会場に掲げられている）肖像を研究室に掲げていますが、いつもこの顔を拝見し「聲が聞きたい」と思っています。そうすると牧水は自分の昔の歌を、そぞろに声に出して読んだというのですね。すると心に落ち着き（「凪ぎ」）がくる、さあまた歌を詠もう、そういう気にさせるというのです。その声に出すこと、頭の中だけで考えているのではなく、「声に出す」そういう力を発する、動いてみる、そのことで脳が活性してくる、歌づくりの脳が活性化する、そんな牧水の歌です。

それから三首目。

寒《かん》の水に身はこほれども浴び浴ぶるひびきにこたへ力湧き来《きた》る　（『山桜の歌』）

大変に韻律の上でも力動的な歌ですが、冷たい水に身は凍るけれども、「浴び浴ぶる」その水の響きに応えて私には力が湧き来るのである。大変力強さが感じられる歌で、かなり歌集としては『山桜の歌』ですので晩年の歌ですが、自分の身体を奮い立たせる、力動さを感じるわけですね。そんなことで「「沁む・誦し・ひびき」こんな動きのある力強さ、そんなところ、三首をまず挙げてみました。

伊藤　いや～牧水の歌は八千七百ありますからね。こうやって引き出されてみると、こういう歌もあったかとか、この歌はこういう風に読むのだと、あらためて教えられますよね。一首目だと「秋の風が沁む」というのは、「はらわたに沁む」というのはどうですか。「肌に沁みる」というのは普通で言うかもしれませんが、「はらわたに沁む」というのはですね、相当に、まあ「酒の毒」が効いているせいもあるかもしれませんが（塩月会長が頷かれていますが）、やっぱりね「はらわたに沁みる風」というのはそう詠えるものではないですね。牧水という人はいつも実感で詠っていますから、これ実感だったのですね。二首目もですね、この歌からわかるのは、牧水が自分の以前の歌、旧い歌を常に口ずさんでいた、ということがわかりますね。そうすることによって、心が落ち着いてくる、前に作った自分の歌で心が凪いで来て、そしてさあまた新しく作ろうかなという。自分の歌をくり返し声に出して読んでいたということがわかりますね。三首目もこうして中村先生に引いていただくと、よくわかりますよね。牧水は大正期の半ばごろからだんだん身体が弱ってきて、よく水浴びを、ねっ（中村：相槌）、していたんです。水を浴びて身体を鍛えようとしているんですね。これはもう結構、秋が深まっていた頃に、冷たい水を浴びるんですけれども、「浴び浴ぶるひびきにこたへ」って、「水を浴びる」ことを「ひびき」として感じているんですよね。このあたりも、もちろん肌も水を感じているんですけれども、水を浴びる時の音、それを耳で感じているという、これなかなかね、中村先生に歌を引かれてみると、牧水独特の感性、逆に「身体性」という身体《からだ》が感じる部分を思いますね。

中村 「ひびき」は特に、先ほどの歌碑祭で献酒をしましたが、（歌碑に刻まれた）喜志子の歌。

打てば響くいのちのしらべしらべ合ひてよにありがたき二人なりしが　（若山喜志子）

これも「命のしらべ」ひびくということですが、そうしたしらべを一番身近にいた喜志子が感じていたように思いました。

名歌——五七調の力動

伊藤 では二番目の「名歌——五七調の力動」。ご存知のように短歌はですね、『万葉集』の時代は「五七調」と言われ、『新古今集』の時代は「七五調」といわれる歌になっていくのですけれども、牧水は「五七調」のまさに名歌を作った人と言われますが、先生ぜひ。牧水の代表歌を三首、引いていますが……。

白鳥は哀しからずや空の青海のあをにも染まずただよふ

けふもまたこころの鉦をうち鳴しうち鳴しつつあくがれて行く

幾山河越えさり行かば寂しさの終てなむ国ぞ今日も旅ゆく

中村　はい、名歌・代表歌三首なんですが、よく大学で学生、あるいは県内の（小学校・中学校の）先生方に朗読というか読んでいただく機会があります。そうすると現代では比較的、俳句の影響などにより「七五調」で読まれる方が大変に多い。そうすると最初に挙げてある「白鳥」の歌なのでも「白鳥は哀しからずや空の青」まで読まれる、そこで一呼吸おかれる方が結構多いのです。意地悪に何も言わないでそのまま読んでいただくと、結構三句目で切ってしまう先生方や学生が多いのです。やはり「五七調」ですので「白鳥は哀しからずや／空の青海のあをにも／染まずただよふ」こういう「五七調」の韻律になってきます。二首目も「けふもまた心の鉦を／打ち鳴らし打ち鳴らしつつ／あくがれて行く」。最後の「七音」ですね、「五七／五七／七」で最後の「七音」が強調されるわけです。当然ながら今二首詠んだ歌も「空の青海のあを」の対照性、「打ち鳴らし打ち鳴らしつつ」のくり返し、こういった韻律が連続して読むと上手く表現されている。三首目も「幾山河越えさり行かば／寂しさの終てなむ国ぞ／今日も旅ゆく」。この歌なども解釈の上でもまさに「五七調」で読まないと、確か伊藤先生もそうしたことを書かれていましたが、そういう「五七調」というのがまさに「力動性」があることになります。最初に息を吸い込みながら「白鳥は哀しからずや」と入っていくような、力を出していくように読むと五七調が上手く読めます。

私は「朗読」なども研究してきた分野なもので、のっけからボンと入ってしまうと比較的「七五調」で「七五」のところを連続して読みたくなってしまいます。ちょっと一テンポ息を吸い込んで「〇白鳥は哀しからずや」という感じで朗読されると「五七調」の力が出てきます。ちょっとクッと止める感じにします、動くということはむしろ止まること、止まることが力を生み出す。摩擦抵抗で力を生み出すようなことです。最近は「ハイブリッド車」などブレーキをかけていると電気を起こしている、そのような原理があります。そのような力動さが「五七調」の魅力なんだということをあらためて現代短歌でも意識して考えてもよいように思います。

さらに、参考に『万葉集』を挙げました。今年は「令和」の典拠になったということで、いろいろなところで『万葉集』が講演され話題になっております。資料には『万葉集』の長歌を一首挙げてみました。ちょっと読んでみます。

参考『万葉集』三一七長歌（山部宿禰赤人が富士の山を望む歌一首　併せて短歌）

天地の　分れし時ゆ　神さびて　高く貴き　駿河なる　富士の高嶺を
天の原　振り放け見れば　渡る日の　影も隠らひ　照る月の　光も見えず
白雲も　い行きはばかり　時じくそ　雪は降りける　語り継ぎ　言い継ぎ行かむ
富士の高嶺は

反歌（三一八）

田子の浦ゆうち出でて見ればま白にそ富士の高嶺に雪は降りける

こうした長歌の「五七調」のリズムなわけです。

伊藤　意味も言っていただくとありがたいですね。簡単でいいですが。

中村　はい。天と地が別れこの世ができた時から、神々しく貴い　駿河にある富士の高嶺を大空遥かに降り仰いで見ると　太陽が朝出て夕方沈む姿も隠れ　照る月の光も見えない　白雲も進む先を阻まれ　時を選ばずに雪が降っている　語り継いで　言い継いでいきたいものだ　この富士の高嶺を　といった歌なんです。ちょうど伊藤先生の資料の最後の方に、三十六番ですかね。

天地のこころあらはにあらはれて輝けるかも富士の高嶺は　（『黒松』）

牧水のこの歌は結句が「富士の高嶺は」、赤人の長歌も結句「富士の高嶺は」ですね。やはり牧水は『万葉集』をかなり読んでいた、音読もしていたようですので、特に牧水は音読する時に『万葉集』の長歌がよいと『短歌作法』の中で書いています。この長歌を読むと、このリズム感・

力強さに励まされて、歌作が進むのだということを書いています。やはり古代からの和歌史をみると「五七調」というのは基本的な韻律だったわけで、これが『新古今集』あたりからは「七五調」が流行ったことで、また江戸時代に俳句が出て来たことで、「七五調」に圧倒された時代を我々は生きています。長い短歌史で見たらこの「五七調」の韻律が大変重要で、牧水はそれを活かして先ほどの三首の名歌のように、この名歌が名歌たる韻律の所以は、やはり「五七調」の力強さ、ここに根源があるわけです。

伊藤　一つはですね、近代現代の短歌は「目で読むもの」になっているのです。だから「声に出して」読まないわけですね。それが歌の韻律感というものを作品から失わせているところがあるのではないかと思って。だって『万葉集』の時代は、特に文字に書かれていない一期・二期の時代は、声に出して歌い、耳で聴いて、そしてまた歌を返すわけですよね。だからそれは韻律が非常に大事ですよね。書かれる時代になれば、文字で見ますけれども、それ以前はまず「声に出して歌い」、だいたいは宴の場、宴会の場が多いですね。みんな聴いているところで、歌われたらその歌を返す、だから多分ね、ゆっくり歌っていたと思うんです。ゆっくり返した、だって耳で聴いているわけだから、意味がわかるためにはね。そういう時代の伝統というものが近代短歌・現代短歌は失われて、特に意味を詰め込んでしまうものだから、意味を詰め込んでしまうと韻律がなくなると言うかね。

牧水という人はそういう点では、中村先生が先ほど仰っているように韻律を大事にして、牧水ほど近代歌人で韻律を大事に「五七調」の歌を作った人はいないんですよ。それは中村先生の資料でもそうですが、僕の資料のことも言ってもらって、三十六番、この歌どう読むかと。「天地の心あらはに」ここで切りたいんです。そして「あらはれて輝けるかも」ここで切って「富士の高嶺は」と読む。しかし、我々はね、中村先生が言われたように「七五調」に慣れている。「天地のこころあらはにあらはれて」と読む、だけど「天地のこころあらはに」ここで切って、「あらはれて輝けるかも」と読めば、速さが違うんですね。つまり「五七五」ね、「十七音」行こうとすると急いで読まないと息が切れるんです。ところが「十二音」だと「天地のこころあらはに」だとゆっくり読めるんですよ。それで第二句で切ってまた「五七」が来ると、それで最後の結句がゆっくり発声できるというね。それを牧水という人は考えて詠っていた。だから声に出して歌うというね。

中村　そうですね、朗詠というものが自身も上手かったというのもそうですし、文化の変わり目に生きた歌人で、朗詠で「声で歌を作る」世代としては最後の方になってしまうかな、というのが最近ちょっと考えていることなんですけど。

伊藤　先生は先ほどのご経歴にもありますが、「朗読」というものを短歌に限らず非常に大事にされている。大学でも学生にそういう授業をされている。そのお話もぜひ。

中村　はい。朗読というと、必ず学校の国語の授業では「音読」をする時間というのが設けられるのですが、なかなかそれが、特に年齢が上がっていくと、小学校・中学校・高等学校となると、「音読」はしているのだけれどあまり「意味」を感じなくて、誰かが指名されて読んだりするとみんな教室は寝てしまうとか（伊藤：笑）いう状況になってしまったりとか、高校の「現代文」などですとよくある光景です。それはやはり、我々が「文字の文化」の中で生きてしまっているという（伊藤：文字のね）現実があるわけです。

ちょうどその転換点というのが明治三十年から四十年ぐらい、だから明治三十年ぐらい。牧水は明治十八年生まれですから、子どもの頃を明治三十年代に生きて、四十年ぐらいに大学生活を送ってと、そのぐらいですとまだ「声の文化」が生きていた時代なのかなと思うのです。牧水の『おもひでの記』などを読むと、二番目のお姉さんが漢籍やらなんか難しいものを諳《そら》んじているのを、そこから「哀愁を感じた」みたいなことを牧水は書いています。やはり姉の声に、たぶん家には漢籍の本がお祖父さんの代からのものがあって、それを姉が諳んじていたみたいです。お姉さんは確実に「声の文化」の時代を生きてきたわけで、牧水も声から哀愁を感じ取って声のよさで育っているということがあると思うのですね。この会でも先ほど東郷学園の子どもたちが歌ってくれましたが、みなさん「どこに歌詞があるのだろう？」とか「この歌詞かな？」と資料の中を探した方はいらっしゃいませんでしたか？　たぶんこの後の懇親会の方で歌われる歌詞が入っていると思うのですが。何か「文字を探すんですよ」、それが東郷学園の子どもたちの声で彼らは伝えてくれているわけなんで、声に集中して聴く文化から我々は遠ざかってきてしまっている。もう一度「声を聴く」とか、そういう生活・文化はとても大事で、まさに宮崎ならそれができるという感じがして。いつもあの牧水生家に行ったりすると、あそこでの音とか、坪谷川の音とか私も気にしているのですが。「声から聴いて意味を生成していく」というような、そんなことをもう一度見直していくことが明治百五十一年目のいま、課題としてあるのではないかと考えています。

「聲」と「耳」――牧水の身体性

伊藤　ちょうど資料三番目の「牧水の身体性」ここのところがありますのでそのお話を。

中村　はい。今日の私の資料の「声」という文字は、すべて旧字体に敢えてしてもらっています。（伊藤：そうですね）第一歌集「海の聲」の「聲」とか、歌の中も原則は旧字体にしています。これが「声」の旧字体というのはご存知かと思いますが、意味がありまして。（旧字体の）左上のところだけを取って今は新字体として使っています。ところが「聲」の旧字体には下に「耳」がついていますよね。要するに、「聲」といのは自分が勝手に発すればいいのではなく、聴く側を意識して発する。聴く側があっての「聲」なんだということを文字自体が、やはり漢字の字源といいますか、よく表しているわけです。それで『海の聲』などの歌を見ると、（資料）三番の最初に引きました、

夜半の海汝《な》はよく知るや魂《たま》一つここに生きゐて汝が聲を聴く　（海の聲）

海の聲を聴く、そして先ほどの喜志子の歌にも出てきましたが、「命の調べ」とか「魂ひとつ」が「海の聲」を聴いている。そんな歌があったり。

二首目ですが、

青の海そのひびき断ち一瞬の沈黙《しじま》を守れ日の聲聴かむ　（海の聲）

様々な「海の聲」であったり。この歌は「日の聲」と言っていますが、そういったものを聴こうとする、牧水の耳というか聴覚を研ぎ澄まさせているのを歌にしています。

三首目、

海の聲たえむとしてはまた起る地に人は生《あ》れまた人を生む　（海の聲）

この歌も、「海の聲」は「たえむとしてはまた起る」、そういうことと人間存在とを対照的にした歌です。ただ牧水は、これは大悟法さんの本に教わりますが、牧水は延岡中学校時代に剣道ですね「撃剣」の稽古をしていて、横面を撃たれ左耳が不自由であったということがありました。

むしろ不自由であったことがより「聴こう」という意識が倍増して、いろいろなものを聴こうとしているのではないかと思います。

四首目の歌ですと、

行き行くと冬日の原にたちとまり耳をすませば日の光きこゆ　（くろ土）

という歌の結句のところですが、「日の光きこゆ」と言っています。普通ですと「日の光」は視覚的に描写して終わらせてしまいそうですが、「日の光きこゆ」と言っているあたりとか、大変にその表現が耳を存分に活かした表現にしているわけです。

次は鳥の歌ですが、

ちちいぴいぴいとわれの真うへに来て啼ける落ち葉が枝の鳥よなほ啼け　（くろ土）

初句から擬音語で入っています。擬音語の歌も何首かあって、酒の歌では資料の四に引きました。

たぽたぽと樽に満ちたる酒は鳴るさびしき心うちつれて鳴る　（路上）

などがあります。あと伊藤先生の資料の十九番に引かれている。

きゆとつまめばぴいとなくひな人形、きゆとつまみてぴいとなかする　（『みなかみ』）

あたりも擬音語を使った歌です。ともかく「音」そのままを表現していこうとする。そんな態度も見ることができます。それから、（資料）三番の最後の歌です。

学校にもの読める聲のなつかしさ身にしみとほる山里すぎて　（山桜の歌）

これは『山桜の歌』の中で、群馬県の方ですか草津温泉の方面を旅しているときに、山里の村を過ぎたら学校で「もの読める聲」がして来たという歌です。たぶん牧水は、自分が坪谷小学校の時に「声に出してものを読んだよな」という回想とともに、学校からもの読める声が大変に懐かしい、そんな思いを歌にしています。たぶんこの時の歌で、伊藤先生も引かれていますが。

人過ぐと生徒等《せいとら》はみな走《は》せ寄りて垣《かき》よりぞ見る学校の庭　（山桜の歌）

先生のあたまの禿《はげ》もたふとけれ此処《ここ》に死なむと教ふるならめ　（山桜の歌）

このへんの歌が同じ時の歌だと思いますが、大変学校というのに興味を持って、郷愁を感じつつ、その郷愁を感じる起点になったのが「もの読める聲」であったというわけで、耳から入るわけです。旅をしながらとても聴覚を研ぎ澄ましている牧水、それをそのままストレートに歌にしていく。その魅力というのが、特に今挙げた『くろ土』以降の三首にはよく表れているのではないかと、そんな風に読んでいます。

伊藤　此処、だって耳川が流れているじゃないですか。これね日本で唯一ですよね、「耳川」という川の名前は。もちろん「美々津」という「みみ」は別の字を書きますけれどね。やっぱり「みみ川」という音に「ear」の「耳」を付けたというのは、僕は非常に深い意味があると思うのですね。もちろん、「耳川」という川の由来については、いろんな説がありまして、昔、耳輪をつけた民族が黒潮に乗ってやってきて美々津のあたりに降りたとかね、井上先生がいろいろと書いていますね。牧水にとってはまさにね、中村先生、牧水生家で坪谷川の音が本当によく聞こえてきますよね。あそこの一階特に二階にいるとね。まあ坪谷の方はご存知のようにね。やっぱりあの音を聞きながら育ったというのか、生まれた時からあの音を聞いていたわけですよね。耳の記憶というのは何歳から残るかわかりませんが、たぶん、意識の底には坪谷川の音がずっと牧水のね、まさに身と心の奥にあって、それを持ち続けて、それが牧水を育てる大事な元になったのではないかと思うんですがね。耳は最期まで感覚が残るといろいろなドクターが書いてますけれどもね。

これは中西進先生が、「令和」の命名者と言われますけど、あの先生がいつも書かれていますが、我々はこう「眼」がありますよね。植物が「芽を出す」の「芽」と我々の「眼」は一緒で、世界を見るわけですよね。地中から植物が「芽」を出したら「芽」はこの世界がどんな世界か見るわけですね。「芽（眼）」はずっと見渡すわけですよね。それでこの「鼻」はね、いわゆる「flower」と「nose」は日本語では一緒ですよね。突き出たところにあるのが「はな」ですよね、岬の「端《はな》」も一緒ですけども、これが「はな」ですよね。「耳」は何かというと、木の実の「実」、「実」がやっぱり二つ重なって「耳」になったのではないかと中西先生は言われます。ということは「耳」はやっぱり生まれた時から聞こえていて、最期の段階まで残る大切なものが「耳」だという、いくつかのドクターの論文がありますけれどもね。「耳」って最期まで本当は我々に大事な役割を果たしている、一番根元的なもの。もう「耳」の奥は脳と繋がっているわけですよね。牧水は一番なんかまさに「耳」と「魂」の奥底に感じるものを持っていて、それが先生のこのね、「聲と耳」というね。特に先生の仰った四番目の歌か、

行き行くと冬日の原にたちとまり耳をすませば日の光きこゆ　（くろ土）

この「日の光が聞こえる」というのが凄いですよね。「日の光の音」を聞くという。これはやっぱりね、「物音を聞く」の「聞く」ではないですよね。先生、この歌なんかありますか。

中村 そうですね。去年、牧水顕彰全国大会でこの（歌が詠まれた）みなかみの地を、伊藤先生も……。

伊藤 そう！ 先生と一緒にみなかみをずっと回ったんです。

中村 この歌の（できた）あたりだろうと思われる「長い坂道」とかありまして、そんなところに行きましたが、いろいろと私も想像しまして。あらためてこの歌を読んだり、この歌の前後の牧水の動き、ともかく身体の動きとか、あるいは本当は泊まろうとしていた宿のある温泉に行ったんだけれど、急に引き返したりしてきて（伊藤：そうそうそう）谷川温泉というところまで移動してきたり。とてもまず動いてみようというか、動いて何か見つけようというか、その間にできた歌がこれだと思うのですが。「日の光きこゆ」という、とっても「聞こえる」、なんでも「聞いてみよう」とする、何か単に見ようとするのではなく。どうしても最近は、スマホとか動画とかそういうもので見れば理解・納得したという、子どもたちは特にそういう感じがしてならないのですが、理解された納得されたというのは、動画とか写真を見ても実は納得・理解していないんですね。本当に真髄を理解するのはこの「きこゆ」という感覚なんで、「言葉をきく」ことが大事で、これは伊藤先生の新たなご本（『歌が照らす』本阿弥書店　二〇一九年九月）の序のところに書かれていますが、「聴こえる」という、「聴く」ということがこの時代とても大事だと仰っていますが、大変に重要なところではないかと思います。

伊藤 この歌もですね、「たち／とまり」なんですねよね。我々は何か「行き行くと冬日の原にたちとまり」と読みそうでしょ、これはね「たち／とまり」という「たって」＋「とまった」という二語ですよね。「たちとまり」なら一語だけど。「行き行くと冬日の原にたち／とまり」と読むべきじゃないかと僕は思うのです。この歌もね、さっき中村先生が言われた「五七調」で読むか「七五調」で読むか？　両方読めるけど、「七五調」で読むとね、「行き行くと冬日の原にたちとまり／（で）耳をすませば日の光きこゆ」になるんですね。これ「五七調」で読むと、「行き行くと冬日の原に／たちとまり耳をすませば／日の光きこゆ」。やっぱり「五七調」の方が滞空時間が長いんですよね。（中村：そうですね）だから歌というのは、本当にね微妙な、読み方によってイメージも雰囲気も変わって来るという。やはり「たちとまり」は「たって／とまる」というのとは違いますよね。「冬日の原に」その次切れて「たち／とまり」という。牧水はそこまで神経を遣って歌を作っているというのかね。先生の言われた「ちちいぴいぴい」の歌も面白いですね。

中村 面白いですね。確かに「五七調」で読むと、「たちとまり耳をすませば」のところが一連になって、とても身体性のある「五七調」の二連目になって、そして「日の光きこゆ」がより大きく詠えることになりますね。

伊藤 「五七調」のポイントはね、四句で切れて結句がクローズアップされることですね。今日はちょっと、まだこれね全国発売になっていなくて、今日間に合うために本屋に送ってもらったのですが。これはね牧水は昭和三年に亡くなります。昭和の初めは短歌の激動期なんです、プロレタリア短歌だとか、芸術な短歌とか口語短歌ということで、短歌の激動の時期なんです。喜志子は夫が死んだ後に、いかにして『創作』(牧水が中心に編集していた短歌雑誌)を守るか、そのことを一生懸命考えるんですね。『創作』は毎月出ているんです。『創作』の表紙の裏に喜志子はですね、夫・牧水のことば、歌論ですね、あるいは夫・牧水の短歌を毎号表紙の裏に1頁掲げて、それをみなさんに読んでもらおうと、そうすることで牧水の精神を受け継いでもらおうと思って、『創作』の昭和七年からずっと表紙に連載するんですね。それは僕も知っていたんですが、これは田畑書店といって、普通は思想関係の本を出している編集者なんですが、その人が国会図書館で『創作』のバックナンバーを見ていたらね、「これは凄いと、牧水という人は」、それで喜志子がですね、先生、どんなことばを引いて、どんな歌を引いたか、それを味わえば牧水という人がわかると思って、田畑書店の編集者がその牧水の歌と歌論ですね、それを抜粋して本にしたのがこの『エッセンシャル牧水』という本なんです。書いているのは牧水ですが、選んだのは喜志子なんですね。だからサブタイトルは「妻が選んだベストオブ牧水」とあります。これを見るとね、全集などに入っている文章ばかりですが、牧水という人がいかに深く歌を考えていたか、それがよくわかる。文庫本ですから非常に手に取りやすいですけれども。この中でもね、「調べ」について書かれています。

中村　このあいだ、伊藤先生から送っていただき読んでいましたら「何はともあれ飛んだり、跳ねたりする歌を作りたい」と『歌話断片』二十六頁のところです。そんな「（歌を）冷え切った屍体をさんざんに切り刻まれてほめられるより、何はともあれ飛んだり、跳ねたりする歌を作りたい。」やはり自分の心をそのまま歌にする素朴さとか、やはり「飛んだり跳ねたり」というのは、「力動」と掲げましたが、牧水のまさにここのところ、この文章を見逃していたなと気付きました。

伊藤　表紙の裏だからみんな一ページですよね、雑誌の連載、たとえば僕今ね、「生活の強弱」と書いてあって冒頭はね、「しらべの張る張らぬは技巧の不備からも来るが、まことはその作者の生活の強弱に由来する。」とこんなこと書いてある。その人の「生活の強弱」が「しらべ」に由来する。それは病気だから「しらべ」が弱いということではない。それは正岡子規をご覧なさい、石川啄木をご覧なさい、病気の中で「張ったしらべ」を作っている。そういうのが短いエッセイなんですけれども、牧水の歌論というものがよくわかるというか、牧水という人がそういう生き方から歌を作っていたことを感じさせるね、『エッセンシャル牧水』というね、機会があったら今日は全国発売に先駆けて来ておりますので見ていただいたら。

山と海と――坪谷に響く浸みる瀬の音

伊藤　最後ですね、「山と海と――坪谷に響く浸みる瀬の音」とここの歌についてお願いします。

中村　先ほど言いました、生家で牧水が幼少の頃、瀬の音を聞いて育ったことがやはり歌作に繋がっている、坪谷に来てもらって此処でしか話せないことなのかなと思い挙げた歌です。最初の五首ぐらいは『海の聲』など比較的若い頃の歌です。

山を見よ山に日は照る海を見よ海に日は照るいざ唇を君　（海の聲）

牧水の若かりし頃の恋の場面、恋の舞台は海なんですが、そういうところにも「山と海」、伊藤先生も書かれていますが、「山と海」とは常に「海を求める二面性」が牧水にはあった。そこを繋ぐものが「水」なわけで、「水というものは自然の中を流れる血管のようなものだ」ということも牧水は自分で書いていますが、「水」というものに意味を見出していくわけです。

たぽたぽと樽に満ちたる酒は鳴るさびしき心うちつれて鳴る　（路上）

これもやはり液体としての音とか、「酒」が「さびしき心うちつれて鳴る」と言っています。次に挙げたのが、「山」にいる牧水が「海」を求めた歌で、

浪、浪、浪、沖に居る浪、岸の浪、やよ待てわれも山降りて行かむ　（死か芸術か）

読点をうまく使って、波の激しさその鮮烈さをよく上の句の方で表わして、自分も波に向かっていくという歌とか、かと思うと次の、

問ふなかれいまはみづからえもわかずひとすぢにただ山の恋しき　（同）

やはり「山が恋しく」なる。両面を求めていく、それを「山」「海」だけではなく、様々な面で、伊藤先生の仰る「あくがれ」という牧水の根源的なテーマというのは、何か動いて行ってみて、力強く動いて行ってみてそれを経験してまた回帰していくというか。まあ円環運動といったらよいでしょうか。よく中西進先生も「円環運動」みたいなことを旅人の図式の中で言われますけれども、まあそんなことを感じられる歌を並べてみました。

そして最後は歌集『みなかみ』にある歌を五首挙げてあります。やはりこれは『みなかみ』の時は、お父様の具合が悪くて、牧水がこの故郷・坪谷に帰って来た時の苦悩がよく表われている歌です。韻律の上でも破調なものが多いですが。

伊藤　具体的に触れていただいて、まだ時間は大丈夫です。

中村　はい。

煙草の灰がぽつたりと膝におちしときなつかしき瀬の音聞えくるかな　（みなかみ）

「ぽつたりと」と、これまた擬態・擬音ですね、これを使って、音がするというより「擬態」なんでしょうが、それをすると「なつかしき瀬の音聞えくるかな」という。たぶん通常でも「瀬の音」は聞こえるはずなんだけど、何かを機会にパッと幼少時の耳に戻るといいますか、そんな一瞬を感じさせる歌です。瞬時を切り取ったような歌で、とてもドキッとさせられます。それから、

おお、夜の瀬の鳴ることよおもひでのはたとだえてさびしき耳に　（同）

やはり夜、私は此処の公園のコテージに一泊だけしたことがありますけれども、コテージに一泊しても「瀬の音」はそれなりに聞こえますよね。生家だったらもっと鮮烈に聞こえるのではないかと。そんな心を「さびしき耳に」と言っています。次ですが、

わがかなしさは海にしあればこのごとき河瀬の音は身に染まず、痛し　（同）

と言っています。「かなしさ」を「海」の方に求めて、たぶん「海」と「川」は「水」で繋が

っているんでしょうけれど、「河瀬の音は身に染まず、痛し」と言っています。このへんは牧水のお父さまが具合悪くなって、故郷に帰られて医師を継がなかった、家を継がなかった、様々な苦悩が表われているのではないかと思います。それから次の歌、

こころの闇に浸みる瀬の音、心のうつろに響く瀬の音、瀬の音、瀬の音　（同）

最後は畳み込むようにくり返してくるんですね。これなど坪谷に来た人なら理解できそうな、解釈が変わりそうな、そんな歌かなと思っています。最後の歌ですが、

渓の瀬のおとはいよいよ澄みゆき夜《よる》もふかめどいづくぞやわがこころは　（同）

「渓の瀬のおと」はいよいよ澄みわたり「夜」も深まっていくけれど、自分の「こころ」はいったいどこなんだろう、と自分の「こころ」を探している。音をキャッチしたり、音を求めたり、先ほどの「日の光」を求めたり、音を求める力のある動きによって自分の「こころ」の位置を知ろうとすると言いますか、自分という人間は何なのだろう？　と知ろうとする。たぶん人間というのは、独りで思索をしていたら自分が何たるかをわからない。それが他の何か対象が、あるものから音をキャッチしたり、他の人と対話をしたり、いろいろな自然に触れて行こうとする、そ

ういうアクティブな、力動的な動きがあってこそ、自分たるが何たるかをわかるのではないのかなと。

牧水の歌を読んで我々がヒントをもらうとしたら、そういう「動いてみよう」力強く「動いてみよう」こういう「力動性」ということが大変大事だと思うのです。その中に「力強く」というのは「力任せ」だけでは駄目で、じっくり……「五七調」というのは「最初に息を吐くと、ワンテンポ吐くと上手く読める」というお話を先ほどしましたが、その「ワンテンポ待つ」といいますか、「吸う」といいますか、「空気を吸い込む」あるいは「吐く」という動きといいますか、そういったものによって「我」というものに気づいていける。この大変、世知辛いといいますか、うるさいガチャガチャした現代の時代、いろんな形で通信手段を我々は持つようになったのだけれども、余計な音がたくさん現れている。やはりこうした坪谷というところに来て、本当の自然の音とは何だろう、そういうことを聞くことが非常に大事なのではないかと、このへんの歌からつくづく感じるのです。

伊藤　牧水は、ね、坪谷の自然・風土・家族なしでは生まれなかったことを、あらためて思いますね。そしてやはり牧水の幸福は、延岡中学ができた年に中学に入れて、そこで牧水は山崎庚午太郎校長はじめ、たくさん友だちに出逢って、延岡のことを言えば「繁が牧水になっていく町」というね、やっぱり幸福な人ですよね。今後も牧水は読み継がれていくと思いますけれども、なんといっても牧水が大きいのは、日向市・延岡市・宮崎県、牧水賞もずっと発展してきて、本当に全国を代表する短歌文学賞になって、受賞者が本当に光栄なことだと言ってくださって、今年の穂村弘さんもそうでしたけどね。それで来年は国民文化祭がありまして、四本柱がありまして、「国際音楽祭」それから「神楽」そして「若山牧水」があって「食」という、四本柱に牧水が入っているんですね。県内各地でいろんなイベントが行われますが、短歌のイベントも大変重要で、県としてはこの日向市で上演しました「短歌オペラ」、去年は日向でやった後に東京でやりました。そのいわば完成版を来年の十一月に芸術劇場でやるんですね。第一部・第二部は「牧水と小枝子の恋」、「牧水と喜志子の恋」でしたけど、今度は第三部に新たに、牧水が長男・旅人を連れてお母さんに父の十三回忌に帰ってくるところから始まるんです。それで牧水が登場することはもちろんですが、長男・旅人が十歳ぐらいですかね、母・マキは元気ですので、母・マキがやはり詠うんですね、（実際には）詠わないもんだから、僕が代わりに作ったのですが（会場：笑）マキの気持ちはこうだろうというので、勝手に代作をしたんですけれども。感激の母子の対面、そして牧水が県内各地を廻って県内各地の歌を披露するというフィナーレでやろうと思っています。宮崎讃歌ですね、宮崎讃歌。今度はミニオーケストラも入ってですね、本格的なものになると思うのですが。やはりきっかけはね、日向で昨年やってもらって、東京でやってというね。先ほどの榎本篁子さんのご挨拶にありましたが、牧水が一方ではオペラになる、あるいは榎倉香邨先生の書展につながって行く、短歌甲子園につながって行く、牧水って汲めども汲めども、尽きることのない「泉」のような存在ですね。たぶんこれからも、そういう存在になりますかね先生？

中村　はい。まさにそこが牧水の「水」であるし、常に山から「泉」のように流れ来ることなのかなと思います。

伊藤　時間になりますのでこれで終わりにしますが、先生はずっと宮崎におられますので（会場：笑）奥さんも両親も宮崎という、何と我々幸運なことかと思いますが。先生、これからもますます、牧水研究をお願いします。

中村　こちらこそ、よろしくお願いします。

伊藤　それでは、以上で終わります。

中村　どうも、ありがとうございました。

（文責：中村佳文）

初出一覧

序　章：牧水の朗誦性と明治という近代（『牧水研究』第二十号　二〇一六年十月）

第一章：牧水の聲——朗詠ができた最後の歌人（『牧水研究』第二十三号　二〇二〇年二月）

第二章：牧水の耳——渓の響き「日の光きこゆ」「鳥よなほ啼け」（『梁』第九十六号　二〇一九年五月）

第三章：明治四十三年の邂逅——牧水と啄木の交流と断章と（『牧水研究』第二十一号　二〇一七年十月）

第四章：牧水短歌の「姿（さま）」と和漢の共鳴——「木の葉のすがたわが文にあれよ」（『牧水研究』第二十二号　二〇一八年十二月）

第五章：牧水の学び——香川景樹『桂園一枝』と坪内逍遥「文学談」（『牧水研究』第二十四号　二〇二一年二月）

第六章：「しびれわたりしはらわたに」——和歌・短歌と朗読・朗誦（『短歌往来』「二十一世紀の視座」ながらみ書房二〇一七年・三月）

第七章：牧水短歌を愛誦するための覚書——歌の「拍節」を視点に（『牧水研究』第二十五号　二〇二一年十二月）

終　章：牧水短歌の力動を読む——「第六十九回牧水祭　伊藤一彦×中村佳文　対談」（二〇一九年九月十七日・宮崎県日向市東郷町若山牧水記念文学館・ふるさとの家にて）

参考文献一覧

＊若山牧水の短歌や文章等については『若山牧水全集』（一九九二年増進会出版会）に拠る。

【序　章】

伊藤一彦『若山牧水　その親和力を読む』（二〇一五年　短歌研究社）

『短歌研究』（一九四〇年九月号）特輯「若山牧水を憶ふ」

前田愛『近代読者の成立』（二〇〇一年　岩波現代文庫）

山口謡司『日本語を作った男　上田万年とその時代』（二〇一六年　集英社インターナショナル）

『国民之友第百十五号』（一八九一年）

永嶺重敏『〈読書国民〉の誕生　明治三十年代の活字メディアと読書文化』（二〇〇四年日本エディタースクール出版部）

『短歌講座第十巻特殊研究篇上巻』（一九三二年　改造社）

『新体詩抄』初版　一八八二年（明治十五年七月刊行）丸屋善七（東京）刊　国文学研究資料館蔵（リプリント日本近代文学一六一　二〇〇九年　平凡社）

『幕末明治　移行期の思想と文化』（二〇一六年　勉誠出版）

『明治大正短歌資料大成第一巻　明治歌論資料集成』（一九七五年　鳳出版）

W－J・オング『声の文化と文字の文化』桜井直文他訳（一九九一年　藤原書店）

【第一章】

大悟法利雄『若山牧水新研究』（一九七八年　短歌新聞社）

佐佐木幸綱「もう一つの旅の理由」『若山牧水全集第十巻』月報（一九九二年　増進会出版会）

『耳で聴く短歌文学一〇〇年の歴史　現代短歌朗読集成』（二〇〇八年　同朋社メディアプラン）

【第二章】

大悟法利雄『若山牧水伝』（一九七六年　短歌新聞社）

島内景二『作歌文法・上・助動詞篇』（二〇〇二年・短歌研究社）
島内景二「若山牧水の近代」（『梁』九四号　二〇一八年）
新編日本古典文学全集『古今和歌集』（一九九四年　小学館）

【第三章】

太田登『日本近代短歌史の構築』（二〇〇六年八木書店）
篠弘『近代短歌論争史　明治大正編』（一九七六年角川書店）
『創作』（明治四十三年十月）
篠弘『自然主義と近代短歌』（一九八五年明治書院）「若山牧水の破調歌」
齋藤希史『漢文脈と近代日本』（二〇〇七年ＮＨＫブックス）終章

【第四章】

『牧水研究　第十三号』（二〇一二年十二月）吉川宏志「身体性と繰り返し表現—牧水の文体」
伊藤一彦『若山牧水　その親和力を読む』（二〇一五年　短歌研究社）
伊藤一彦「若山牧水のあくがれ〜その歌言葉と韻律の特色」『和歌文学研究　第一一六号』（二〇一八年和歌文学会）
惣郷正明・飛田良文編『明治のことば辞典』（一九八六年　東京堂）
齋藤希史『漢文脈と近代日本』（二〇〇六年　ＮＨＫブックス）
大岡信編『啄木詩集』（岩波文庫一九九一年）
ルカ・カッポンチェッリ『日本近代詩の発展過程の研究　与謝野晶子、石川啄木、萩原朔太郎を中心に』（二〇一八年　翰林書房）
塚本邦雄『國語精粋記　大和言葉の再発見と漢語の復権のために』（一九七七年　講談社）松浦友久『リズムの美学』（一九九一年　明治書院）
『和歌大辞典』Ｗｅｂ版（古典ライブラリー）

中村真一郎『文章読本』（一九七五年　文化出版局）
【第五章】
大悟法利雄『若山牧水伝』（一九七六年　短歌新聞社）
日本古典文学大系『近世和歌集』（一九六六年　岩波書店）
新編日本古典文学全集『近世和歌集』（二〇〇二年　小学館）
新編日本古典文学全集『歌論集』（二〇〇二年　小学館）
『国民之友第百十五号』（一八九一年）
【第六章】
『短歌講座第十巻特殊研究篇上巻』（一九三二年　改造社）
『耳で聴く短歌文学一〇〇年の歴史　現代短歌朗読集成』（二〇〇八年　同朋社メディアプラン）
新編日本古典文学全集『古今和歌集』（一九九四年　小学館）
【第七章】
坂野信彦『七五調の謎をとく・日本語リズム原論』（一九九六年　大修館書店）
俵万智『サラダ記念日』（一九八七年　河出書房新社）
【終　章】
新編日本古典文学全集『万葉集』（一九九四年　小学館）
伊藤一彦『歌が照らす』（二〇一九年　本阿弥書店）
『エッセンシャル牧水』（解説：伊藤一彦・二〇一九年　田畑書店）

引用牧水短歌初句索引

章／0＝序章、8＝終章

あとがき

宮崎に移住して十年が過ぎた。年を追うごとにいつの間にか、若山牧水研究が自らの中で大きな比重を占めるようになっていた。もとより平安朝前期和歌の和漢比較文学的研究に足場を置いていたが、問題意識として同質なものがあることに気づいたためで、自分の中では別の研究をしているとは思っていない。唐風文化の受容が最重要課題だった時代から『古今和歌集』が勅撰されるまでの平安朝前期と、江戸時代の鎖国から解放され西洋文化受容に邁進する明治時代は、外来文化との深い対話の時代という共通点がある。それぞれに和歌・短歌の限界が予見され、新たな詩歌として「生き残るための格闘」が盛んに行われたという意味でも類似している。反転して述べるならば、若山牧水を深く理解しようとするためには、近現代的な視点のみでは不十分で古典和歌を踏まえた考察が不可欠なのではないかと思っている。

本書は、これまで『牧水研究』（牧水研究会）などに発表してきた評論の成果をまとめたものである。前述した古典和歌研究とともに、国語教育分野の「音声表現（音読・朗読）研究」にも問題意識を持っていたため、牧水短歌の朗誦性・愛誦性について追究したいという思いが起動した。なぜ現在の国語教育で「音読」が有効に活用されないのだろう？　という疑問を解く鍵は、牧水の時代まで遡ってこそわかることが多い。こうした多角的な視座が、本書の論考を執筆する原動力となっている。

若山牧水は、本年九月十七日をもって没後九十五年となった。この節目にあたり本書を上梓できたのは、筆者にとってこの上ない悦びである。没後八十五年で宮崎と縁を結び、九十年までの五年間では筆者にとって「短歌県みやざき」における幾多の恵まれた出逢いがあった。その後、牧水研究の一体系となるべく充実した研究・交流の五年間を経て本書の刊行に至る。もとよりこの縁の多くが、若山牧水に由来するのではないかとさえ思っている。牧水研究第一人者である伊藤一彦先生、同じく大学のご縁もあった俵万智さん・大口玲子さんら全国的な歌人の方々との出逢いは、筆者に大きな刺激を与えてくれた。また「牧水研究会」や「心の花宮崎歌会」の短歌仲間のみなさんとの切磋琢磨が、常に筆者を励ます力であった。さらには日向市若山牧水記念文学館をはじめとする方々、県文化振興関係の方々、県立図書館に関係する方々、そして、「若山牧水賞」授賞式で出逢う現代の有力な歌人の方々、そのあらゆるご縁による多彩な心の反応が、本書を書き上げるための力となった。

とりわけ、伊藤一彦先生には本書の刊行へ向けて常に励ましをいただき、大変に過分な帯文をいただいた。宮崎大学公開講座「牧水をよむ」のゲスト講師を定期的にお引き受けくださり、ともに牧水を講ずることで筆者の学びを日々新たなものにしていただいている。この場を借りて、あらためて深く御礼を申し上げる。また牧水の著書を「ぜひ宮崎の出版社から」という思いを熱く受け止めてくださった鉱脈社の川口敦己社長をはじめ、特に編集に関わっていただいた小崎美和さんには大変にお世話になり感謝の念に堪えない。

牧水は調べれば調べるほど、筆者自身の様々な由来と不思議な繋がりが発見される。今後もまたさらに若山牧水と筆者の縁の深さに由来する独自な研究を進めていきたい。

いとしの牧水に捧ぐ

二〇二三年八月八日立秋の日、宮崎にて

中村佳文

著者プロフィール

中村　佳文（なかむら　よしふみ）

宮崎大学教育学部教授：博士（学術）
1964年（昭和39）東京都北区田端に生まれる
1986年（昭和61）早稲田大学を卒業後、都内中高一貫校の教員となる
2000年（平成12）早稲田大学大学院修士課程修了
2006年（平成18）早稲田大学大学院博士後期課程修了
2013年（平成25）宮崎大学教育文化学部准教授
2018年（平成30）より現職
竹柏会心の花会員・牧水研究会会員（編集）

主著・論文

『日本の恋歌とクリスマス　短歌とJ-pop』（2021 新典社）
『声で思考する国語教育 ──〈教室〉の音読・朗読実践構想』（2012ひつじ書房）
『声の力と国語教育』（共著・2007学文社）
『新時代の古典教育』（共著・1999学文社）
「うたを重ねる ── 和歌短歌・和漢比較教材とメディア文化」（2021『中古文学107』）
「嵯峨朝閨怨詩と素性恋歌 ──『客体的手法』と『女装』の融合」（アジア遊学188『日本古代の「漢」と「和」── 嵯峨朝の文学から考える』（2015勉誠出版）
「「うつろひたる菊にさしたり」淵源攷 ──『蜻蛉日記』以前の「菊花」関連物語～『伊勢物語』十八段を中心に」（『日記文学研究第三集』2009新典社）
「寛平内裏菊合の方法 ── 和歌表現の再評価 ── 」（2009『国文学研究158』）

みやざき文庫 153

牧水の聲《こえ》

―― 短歌《うた》の朗誦性と愛誦性

2023年９月１日 初版印刷
2023年９月17日 初版発行

編 著 中村 佳文

発行者 川口 敦己

発行所 鉱脈社
宮崎市田代町263番地 郵便番号880-8551
電話0985-25-1758

印 刷
製 本 有限会社 鉱脈社

牧水研究バックナンバー

「今こそ牧水に目を向けるとき」牧水研究会による雑誌

創刊号　特集「牧水の文学的出発」　本体1500円＋税
第2号　特集「牧水の青春」　本体2000円＋税
第3号　特集「牧水の揺らぎ」　本体2000円＋税
第4号　特集「時代と牧水」　本体1900円＋税
第5号　特集「牧水と自然・牧水と旅」本体1900円＋税
第6号　特集「牧水の故郷・牧水の家族」　本体1900円＋税
第7号　特集「牧水と女性」　本体1900円＋税
第8号　特集「牧水をめぐる人々」　本体2000円＋税
第9号　特集「牧水と食／今を生きる牧水」　本体1900円＋税
第10号　特集「牧水と動物／牧水はなぜ旅をしたのか？」　本体2000円＋税
第11号　特集「牧水と植物」　本体2000円＋税
第12号　特集「牧水ゆかりの地」　本体1900円＋税
第13号　特集「牧水の文体と表現」　本体1900円＋税
第14号　特集「牧水のキーワード」　本体1900円＋税
第15号　特集「知られざる牧水」　本体1900円＋税
第16号　特集「牧水と現代短歌」　本体1900円＋税
第17号　特集「牧水の親和力」　本体1900円＋税
第18号　特集「牧水のこころ」　本体1900円＋税
第19号　特集「牧水と春夏秋冬」　本体1900円＋税
第20号　特集「牧水と近代」　本体2100円＋税
第21号　特集「牧水ゆかりの人びと」　本体2100円＋税
第22号　特集「牧水没後90年の足跡」　本体2100円＋税
第23号　特集「牧水と同時代の歌人・作家たち」　本体2100円＋税
第24号　特集「牧水と教育」　本体2100円＋税
第25号　特集「牧水短歌の愛誦性」　本体2400円＋税
第26号　特集「牧水の再発見」　本体2200円＋税

＊創刊号・第2号・第8号は在庫なし

牧水関連本

あくがれゆく牧水 青春と故郷の歌

伊藤一彦 著

名著『若き牧水』に十年の諸論考を加えて、牧水文学の新たな魅力を照射し「二十一世紀に生きる牧水」像を提示する。「あくがれ」の歌人像を定着し、その後の牧水研究の道を拓いたロングセラー。

本体1800円＋税

命の砕片 牧水かるた百首鑑賞［改訂新版］

伊藤一彦 著

若山牧水出身の地、宮崎県日向市東郷町編集の「牧水かるた」。書名の「命の砕片」は、牧水の第二歌集『独り歌へる』の「自序」のなかの「私の歌はその時々の私の命の砕片である」に由る。

本体858円＋税